Goldmann SCIENCE FICTION

Band 0212

Robert Silverberg · Visum für den Sirius

Von Robert Silverberg
sind außerdem im Wilhelm Goldmann Verlag erschienen:

Die Schatten dunkler Flügel. 0203
Zeitpatrouille. 0125

ROBERT SILVERBERG

Visum für den Sirius

NEEDLE IN A TIMESTACK

Science Fiction-Erzählungen

WILHELM GOLDMANN VERLAG
MÜNCHEN

Made in Germany · I · 1110
 Umschlag: F. Jürgen Rogner. Satz und Druck: Presse-Druck, Augsburg. SF 0212 · hf/Pay
ISBN 3-442-23212-0

Inhalt

Visum für den Sirius

David Carman, Konsument 6. Klasse, beobachtete, wie sich die gelbe Schlange des morgendlichen Telefak-Blattes aus dem Wandschlitz seiner Junggesellenwohnung ringelte. Die Falze kunststoffimprägnierten Papiers glitten in den Ausgabekorb, und Carman betrachtete sie düster. Er wußte, daß es nur wieder schlechte Nachrichten sein würden – Meldungen von neuen Niederlagen im Sirius-Krieg, Ankündigungen weiterer Preissteigerungen an der Verbraucherfront.

Nach kurzem Zögern griff Carman nach der Telefak-Spule und schob sie in das Lesegerät. Er schauderte, als die erste Meldung auf dem Bildschirm erschien.

> ›Schwerer Rückschlag im Krieg
>
> Kriegssektor, 14. November (über Subradio) – Ein sirianischer Zangenangriff warf heute die Frontlinien der Erde im Kampf um Sirius IV weit zurück. Der plötzliche feindliche Vorstoß kostete die Erde acht Zerstörer und mehr als hundert Tote.
>
> Der Vorstoß begann einer Verlautbarung von der Front zufolge, als elf sirianische Schlachtkreuzer in Umlaufbahnen um den Stützpunkt der Erde auf dem siebenten Mond von Sirius IV Ablenkungsmanöver einleiteten. Die Fremdwesen setzten anschließend ein Geschwader von Moskitoschiffen ein und konnten mit Erfolg –‹

Carman rieb sich mürrisch die müden Augen und schaltete weiter.

Diese Kriegsberichte waren einander alle sehr ähnlich, dachte er. Und das Telefak-Gerät schwelgte in detaillierten Schilderungen aller Offensiv- und Defensivtaktiken. Carman verstand nichts von Kriegführung; die Einzelheiten langweilten ihn.

Aber die nächste Meldung war kaum erfreulicher.

›Preisindexsprung steht bevor

Unterer Urban-Bezirk, 16. November – Als Folge des schweren Rückschlags für die terranischen Streitkräfte im sirianischen Sektor werden die Verbraucherpreise weiterhin ansteigen. Wirtschaftslenker Harrison Morch teilte heute morgen mit, daß eine fünfprozentige Erhöhung auf der ganzen Linie wahrscheinlich sei.

»Wir haben versucht, das Niveau zu halten«, betonte Lenker Morch, »aber gegen die inflationäre Entwicklung war nicht aufzukommen. Man kann nur hoffen, daß die Beendigung der Feindseligkeiten bald eine Rückkehr zum Lebensstandard in Friedenszeiten ermöglicht, und –«‹

Mit zorniger, ungeduldiger Geste schaltete Carman das Gerät ab. Es hatte wenig Sinn, den Fak-Dienst für gutes Geld zu abonnieren, wenn er nur schlechte Nachrichten lieferte.

Ein Jahr zuvor, ehe der Krieg angefangen hatte, war es bei weitem noch nicht so schlimm gewesen, dachte er, als er das Frühstück wählte und sich an den Allesspender setzte. Damals hatte er sogar daran gedacht, eine Ehelizenz zu beantragen. Davon konnte jetzt natürlich keine Rede mehr sein; sein wirtschaftlicher Status hatte sich grundlegend geändert. Und Sally, die im Amt für Außerterrestrische Angelegenheiten arbeitete, hatte eine Gehaltserhöhung bekommen, die sie gänzlich unerreichbar für Carman gemacht hatte. Sie gehörte jetzt der 3. Konsumentenklasse an und wollte in Bälde einen wohlhabenden Beamten des Amtes heiraten.

Carman kaute nachdenklich sein eher trockenes Algenomelett. Er war dreiunddreißig Jahre alt, ziemlich blaß, viel zu mager, seine Augen standen zu eng beeinander, und sein Haar war schütter. Und sooft er etwas Geld gespart hatte und sich um eine Verbesserung seiner Position bemühen wollte, schien irgendein Krieg dazwischenzukommen, der die Preise in die Höhe schnellen ließ und seine Ersparnisse aufzehrte. Vor fünf Jahren war es die Sache in Procyon, und nach einem oder zwei Jahren Frieden die Auseinandersetzung bei Proxima Centauri. Und jetzt der Sirius.

Du bekommst einfach keine Chance, dachte er. Er beendete mechanisch das Frühstück, warf das Geschirr in den Allesschlucker und wählte mit einem schnellen, verbitterten Druck auf die Garderobensteuerung seinen zweitbesten Anzug.

Er wurde ausgeworfen: grauer Krepp mit dunkelblauer Paspolierung. An den Ellenbogen scheuerte das Jackett schon durch.

Ich muß mir unbedingt eine neuen Anzug kaufen, dachte Carman, als er auf die Halteplattform hinaustrat, um einem Jet-Taxi zu winken. Bevor die Textilpreise astronomisch hoch sind.

Er erreichte das Büro um 0700 Uhr, kaum daß die Dämmerung den Spätherbsthimmel erhellte. Carman arbeitete als Sortierer in der Antragsabteilung des Bundespaßamts und hatte als Staatsangestellter kaum Ausweichmöglichkeiten, wenn die periodischen Inflationsspiralen einsetzten; gegen den Bund konnte er nicht gut streiken.

In seinem Eingangskorb lag schon ein großer Stapel Paßanträge. Carman glitt auf seinen Platz, lächelte die fünf oder sechs Kollegen in seiner Nähe automatisch an und griff nach dem ersten Blatt. Er schätzte, daß bis jetzt 180 Paßanträge eingegangen waren. Sie würden den ganzen Tag weiterhin mit sieben Stück pro Minute einlaufen.

Er rechnete: Wenn ich alle sechs Sekunden einen Antrag bearbeite, zehn in der Minute, bin ich in der Minute um drei Stück voraus. Das heißt, daß ich in ungefähr einer Stunde aufgeholt habe.

Wenn er dauernd zehn Stück in der Minute schaffte, würde

er später kurze Pausen einlegen können. Das war eines der Spielchen, mit denen er seine triste Arbeit ein wenig auflockerte.

Der erste Antrag stammte von Konsument 2. Klasse Leebig D. Quellen und Familie; Konsument 2. Klasse Quellen wollte im nächsten Sommer den Außenposten Ganymed besuchen. Carman legte den Antrag mit der linken Hand in den Kasten 14a und nahm mit der rechten den nächsten vom Stapel. Mit der Linken sortieren, mit der Rechten herausholen. Carman schwankte auf dem Sitz rhythmisch hin und her, als ihn der Takt seiner täglichen Arbeit erfaßte.

Nach einer Weile bewältigte er zwölf Stück in der Minute, manchmal dreizehn. Um 0757 Uhr war sein Korb leer. Er seufzte. Acht Sekunden freie Zeit.

Sortieren, zugreifen . . . Sortieren, zugreifen . . . Es war stumpfsinnige, aber im Grunde einfache, mechanische Arbeit. Sein Gehirn mußte er dabei kaum anstrengen. Allerdings wurde er entsprechend bezahlt: 163 Dollar in der Woche, was vor der letzten Preisspirale kaum den Lebensunterhalt deckte. Und jetzt . . .

Es wurde 1030 Uhr. Pausenzeit. Carman reckte sich und stand auf, wobei er aufgebracht bemerkte, daß das Mädchen im Eingangsraum eine Etage über ihm nach dem Signal für die Pause noch schnell drei Anträge durchgeschmuggelt hatte.

Carman hatte die Pause seit langem in ein Ritual verwandelt. Er ging durch den Raum zur Waschanlage und hielt die Hände in das Energiebad, bis seine Fingerspitzen vom angesammelten Schmutz befreit waren, dann schaute er durch das einzige große Fenster auf die überfüllte Stadt hinaus, drehte sich um und lächelte Montano an, den untersetzten Mann, der in den sechs Jahren, seitdem Carman im Paßamt arbeitete, neben ihm saß.

»Schöner Tag«, sagte Montano. »Für November.«

»Ja.«

»Haben Sie das Morgenfak gelesen? Die Preise scheinen schon wieder zu steigen.«

Carman nickte traurig.

»Hab' ich gesehen. Ich weiß nicht, wie wir das schaffen sollen.«

»Ach, es geht schon. Es geht ja immer. Die Frau hat außerdem bald Aussicht auf Gehaltserhöhung.« Montanos Frau drückte Knöpfe in einer automatischen Automobilfabrik. Aus irgendeinem Grund schien sie beinahe jede zweite Woche Aussicht auf Gehaltserhöhung zu haben.

»Das ist fein«, sagte Carman.

»Ja.«

»Glauben Sie, daß Autos teurer werden?«

»Und ob«, sagte Montano. »Ford-Chrysler erhöht beim Standardmodell nächsten Monat auf Sechstausend. Für den Krieg werden Turbogeneratoren gebraucht, heißt es. Wir haben unsere Bestellung zum alten Preis schon aufgegeben. Kaufen Sie lieber schnell, wenn Sie einen wollen, Carman. Wenn Sie sich beeilen, sparen Sie jetzt fünfhundert Dollar.«

»Ich brauche keinen neuen Wagen«, meinte Carman.

»Kaufen Sie jetzt irgend etwas, was Sie brauchen. Alles wird teurer. Im Krieg ist das immer so.«

Die Glocke kündigte das Ende der Pause an. Carman erreichte seinen Schreibtisch gerade rechtzeitig, um einen Paßantrag herunterflattern zu sehen, Sekunden später gefolgt von einem zweiten.

»Der Henker hol das Mädchen«, murmelte er vor sich hin. Sie kürzte absichtlich ihre Pause, um ihn mit zusätzlicher Arbeit zu belasten. Jetzt war sie ihm um sechs – nein, sieben Stück voraus.

Justin C. Froelich und Familie aus Winnetonka erbaten ein Visum für einen Besuch auf Pluto im kommenden Juli. Carman warf Justin C. Froelichs Antrag müde in den richtigen Kasten und griff nach dem nächsten.

Er kochte innerlich, verfluchte das Paßamt, das Mädchen im Oberstock, die Inflation, Wirtschaftslenker Morch und die Welt im allgemeinen. Eine Hetzerei, bei der man aus der Tretmühle nicht herauskonnte.

Konsument 6. Klasse Carman war im Begriff, den Lauf seines Lebens zu verändern. Es verging noch eine Stunde, und 193 weitere Paß- und Visumanträge verschwanden in Kästen – dann beschloß er zu handeln.

Der Annahmeoffizier hatte ein breites Gesicht mit dunklem Teint, kantige Züge und blendend weiße Zähne. Er trug die in Gold und Grün gehaltene Uniform der Vereinigten Erdstreitkräfte. Er sah Carman über den leeren Schreibtisch hinweg an und sagte: »Möchten Sie das vielleicht wiederholen?«

»Ich sagte, ich möchte kämpfen. Gegen den Sirius.«

Der andere runzelte die Stirn. Nach einer langen Pause erklärte er: »Ich wüßte nicht, wie ich das garantieren könnte. Wir nehmen Sie an; der Computer stellt den Marschbefehl aus. Ob Sie in die Kriegszone geschickt werden oder nicht, hängt von einem variablen Faktorenkomplex ab, den zu verstehen ein Zivilist keinesfalls in der Lage ist.« Er schob Carman ein Formular zu. »Wenn Sie das ausfüllen, können wir –«

»Nein«, sagte Carman. »Ich verlange eine Garantie, daß ich im Sirius-Sektor an die Front komme. Verdammt noch mal, Leutnant –«

»Sergeant.«

»– Sergeant, ich bin dreiunddreißig. Ich bin nah dran, ein Niemand zu sein, so nah wie möglich. Wenn ich Glück habe, erreiche ich eines schönen Tages Klasse 3. Ich habe zehntausend Dollar gespart, und die neue Inflation wird meine Ersparnisse wohl wieder um die Hälfte schröpfen, wie schon die letzte.«

»Mr. Carman, ich verstehe nicht, was das alles –«

»Ich komme gleich darauf. Seit dreiunddreißig Jahren sitze ich an der Heimatfront herum und steige und falle mit jeder Wirtschaftsspirale, während die Erde in Procyon und Proxima Centauri und in einem halben Dutzend anderer Systeme Kriege führt. Ich habe es satt, zu Hause zu bleiben. Ich möchte Soldat werden.«

»Sicher, aber –«

»Aber ich will nicht Soldat werden, nur um eine Uniform zu

tragen und die Grenzen bei Beteigeuze zu sichern. Ich möchte zum Sirius, und ich will kämpfen. Einmal in meinem Leben möchte ich für eine Sache wirklich eintreten und auch etwas tun dafür.« Carman atmete tief ein; er hatte seit langer, langer Zeit nicht mehr so viele Worte aneinandergereiht. »Verstehen Sie jetzt? Garantieren Sie mir, daß ich zum Sirius geschickt werde, wenn ich unterschreibe?«

Der Sergeant atmete tief ein und betrachtete ihn sorgenvoll.

»Ich habe Ihnen schon zweimal erklärt, daß ich das nicht entscheiden kann. Vielleicht könnte ich eine Empfehlung beifügen –«

»Eine Garantie.«

»Aber –« In den Augen des Annahmesergeanten begann es zu glitzern; er trommelte mit den Fingern auf die Schreibtischplatte und sagte dann: »Sie sind sehr beharrlich, Mann. Also gut, abgemacht. Ich sorge dafür, daß Sie in die Kriegszone kommen. Warum unterschreiben Sie nicht gleich hier und –«

Carman schüttelte den Kopf.

»Nein, danke. Ich habe es mir eben anders überlegt.«

Bevor der Sergeant protestieren konnte, war Carman rückwärts hinausgeglitten und verschwunden. Er war plötzlich auf den Gedanken gekommen, daß das Versprechen eines Annahmeoffiziers nicht unbedingt gültig sein mußte. Und es gab direktere Methoden für ihn, um am Krieg teilnehmen zu können.

Um 1313 Uhr kehrte er ins Paßamt zurück, und das Roboterauge am Eingang vermerkte das und klickte laut, als er eintrat. Normalerweise hätte Carman über den Verlust von dreizehn Minuten Arbeitslohn gestöhnt, aber normalerweise wäre er ja auch Punkt 1300 Uhr an seinem Schreibtisch gewesen.

Alle anderen arbeiteten emsig; die Köpfe gesenkt, hastig nach den einlaufenden Anträgen greifend, boten seine Sortiererkollegen einen seltsam lächerlichen Anblick. Carman nahm seinen Platz wieder ein. Während seiner Abwesenheit waren fast hundert Visa im Korb gelandet – aber auch das störte ihn kaum.

Er ging sie mit enormem Tempo durch und kam manchmal auf

zwanzig Stück in der Minute. Er wußte, daß viele in die falschen Kästen gerieten, aber er hatte jetzt keine Zeit, sich darüber Gedanken zu machen. In weniger als vierzig Minuten hatte er mit der Auslaufabteilung aufgeholt und benützte die erste Achtsekundenpause dazu, einen leeren Visumantrag aus seiner Schublade zu ziehen; ein paar lagen immer bereit.

Er füllte in den Kurzpausen zwischen den Zugängen von oben geduldig die Rubriken aus. Wo ›Name und Status‹ stand, schrieb er hin ›Konsument 6. Klasse David Carman‹. Wo es hieß, ›Gewünschtes Ziel‹, notierte er mit winziger Kursivschrift ›Sirius VII‹. Sirius VII lag außerhalb der Kriegszone und befand sich damit theoretisch in Reichweite des kommerziellen Verkehrs, aber Visa in das gesamte Sirius-System wurden seit dem Ausbruch der Feindseligkeiten nur mit besonderem Dispens erteilt, und Carman wußte, daß er wenig Aussicht hatte, einen solchen Dispens zu erhalten.

Das war der Grund, weshalb er, nachdem das Formular vollständig ausgefüllt war, konzentriert eine geschickte Fälschung der Unterschrift des Ministers für Außerterrestrische Angelegenheiten anbrachte, mit welcher der Antrag genehmigt wurde. Leise vor sich hinsummend, warf er das fertige Dokument in den Kasten mit der Aufschrift 82g und widmete sich wieder den Aufgaben des Tages.

Der Paß brauchte acht Tage, um ausgestellt zu werden. Carman durchlebte wartend einige unangenehme Augenblicke, wenngleich er letztlich von seinem Erfolg überzeugt war. Die Angestellten für die Bearbeitung der Anträge und die Ausstellung der Pässe leisteten ihre Arbeit vermutlich ebenso mechanisch und hastig wie er in der Etage über ihnen – und er hatte nie Zeit, auf irgendwelche Fälschungen zu achten, weshalb also sie? Nie endende Sturzbäche von Paß- und Visumanträgen ergossen sich über sie; wahrscheinlich verfluchten sie ihn ebenso für seine schnelle Arbeit, wie er das Mädchen in der oberen Etage zum Teufel wünschte.

Fünf Sekunden, nachdem der Paß mit dem Visum für den

Sirius aus seinem Postrohr gefallen war, sprach Carman am Telefon mit der Sekretärin des Personalchefs im Paßamt.

»Ja, ich«, sagte Carman. »David Carman, 6. Klasse. Ich habe mich freiwillig beim Militär gemeldet und kündige fristlos. Ja, heute, fristlos. Mein Gehaltsscheck? Ach, verbrennen Sie ihn doch«, sagte Carman ungeduldig und legte auf.

Carman hob seine ganzen Ersparnisse ab – 9783,61 Dollar. Der Robokassierer überreichte das Bargeld ohne Kommentar. Carman griff nach dem dicken Bündel von Geldscheinen, zählte sie zum großen Ärger der hinter ihm Wartenden langsam ab und drückte auf die Taste ›Anerkannt‹, um dem Kassierer zu zeigen, daß die Transaktion abgeschlossen war. Vor der Bank winkte er einem Hubschrauber und flog damit zum Raumflughafen, weit draußen, dort, wo einmal Long Island gewesen war.

»Ein Ticket zum Sirius?« fragte der Abfertiger, nachdem der Roboticketverkäufer Carman verwirrt an ihn verwiesen hatte. »Aber der Krieg, wissen Sie – wir haben unsere Flüge in den ganzen Sektor eingestellt.«

»Das ist mir egal«, sagte Carman unbeirrt. Er gewöhnte sich schon daran, bestimmt aufzutreten; es fiel ihm leicht, und er hatte Spaß daran. »Sie offerieren Direktverbindungen mit Sirius VII. Ich habe ein Visum dafür und sechstausend Dollar, um den Flugpreis zu bezahlen. Bar.«

»Das ist überaus regelwidrig«, stöhnte der Abfertiger, ein kleiner, gehetzt aussehender Mann. »Wir haben den Passagierdienst zu diesem System vor acht Monaten eingestellt, als –«

»Dafür können Sie Ihre Konzession verlieren«, fauchte Carman. »Sirius VII nimmt am Krieg nicht teil. Ich habe Geld, Paß und Visum. Ich verlange Beförderung.«

Man leitete schließlich ein Frachtschiff für Deneb um und ließ Carman mit dem Versprechen an Bord, er werde auf Sirius VII abgesetzt. Sein Paß war in Ordnung, und er konnte den Preis bar bezahlen.

Der Flug nahm mit Hyperantrieb drei Wochen in Anspruch. An Bord waren weitere sechs Menschen, alles übelriechende Besatzungsmitglieder; die Besatzung eines Frachtschiffs ist bei einer dreiwöchigen Reise nicht gerade die angenehmste Gesellschaft. Carman blieb für sich und erfand eine Art Patience mit Hundertdollarscheinen, von denen ihm nach der Bezahlung der Passage noch über dreißig Stück geblieben waren. Die Fracht bestand aus Stieren für eine Agrarkolonie, die Deneb umkreiste, und Carman bewohnte eine enge Kabine gleich neben dem Frachtraum. Er schlief wenig.

Man setzte ihn endlich am fünften Tag des Jahres 2672 auf dem Betonlandevorfeld in Zuorf, der Kronstadt von Sirius VII, ab, nachdem man den terrestrischen Konsul vorher über Funk gebeten hatte, sein Kommen zu melden. Sirius VII, der größte und tropischste der zwölf Planeten um den Hundsstern, war eine riesige, gebirgige Welt mit häßlichen, weitläufigen Städten, die zwischen den schroffen Gipfeln eingezwängt waren; die Bewohner waren muskulöse, bärenartige Wesen, die ihre Steinzeitkultur noch nicht lange hinter sich hatten.

Es ergab sich, daß irgendeine Festlichkeit in vollem Gang war, als Carman, eine einsame Gestalt mit einem einzigen Koffer voll Habseligkeiten, den Raumflughafen verließ. Große, stämmige Wesen wirbelten paarweise die Straßen hinauf und hinunter wie Tanzbären mit Tand und Rüschen. Carman trat hastig zurück in den Schatten eines wuchtigen, gelbgestrichenen Gebäudes, als ein Trupp der riesigen, zottigen Fremdwesen vorbeidonnerte, zur fröhlichen Begleitung einer Dudelmusik, die in peinigenden Vierteltonintervallen komponiert war.

Eine Hand fiel leicht auf seine Schulter. Carman drehte sich um und zuckte mit einer nervösen Bewegung zurück. Er sah einen Terraner vor sich, gekleidet in das düstere Schwarz des terrestrischen Diplomatischen Korps.

»Verzeihen Sie, wenn ich Sie erschreckt habe«, sagte der Fremde mit leiser, kultivierter Stimme. Er war ein gepflegter, leicht geckenhaft wirkender Mann um die Vierzig mit vornehmen Zügen, gepflegten schwarzen Haaren und ausrasierten

Brauen. Nur der verblüffende Messingring in seiner Nase entstellte seine sonst sehr distinguierte Oberschicht-Erscheinung.

»Ich bin der terrestrische Konsul auf dieser Welt«, fuhr er leise fort. »Ich heiße Adrian Blyde. Gehe ich recht in der Annahme, daß Sie der Mann sind, den das Frachtschiff eben abgesetzt hat?«

»Ja. Ich bin David Carman von der Erde. Wollen Sie meinen Paß sehen?«

Konsul Blyde lächelte gelassen.

»Alles zu seiner Zeit, Mr. Carman. Ich bin überzeugt davon, daß er vollkommen in Ordnung ist. Aber möchten Sie mir vielleicht genau erklären, weshalb Sie hier sind?«

»Um mich den Streitkräften anzuschließen. Ich möchte am Feldzug gegen Sirius teilnehmen.«

»Um sich den Streitkräften anzuschließen?« wiederholte Blyde staunend. »So, so, so. Sehr interessant, Mr. Carman. Wirklich. Würden Sie bitte mitkommen?«

Blyde packte ihn am Arm und trieb ihn über die breite, schlecht gepflasterte Straße, zwischen zwei Paaren sich wild drehender, bärenartiger Wesen hindurch in den schmalen Eingang eines aus purpurroten Ziegeln errichteten Gebäudes.

»Die Autochthonen feiern in der ganzen Stadt ihren jährlichen Fruchtbarkeitstanz, ohne jede Pause, von morgens bis in die Nacht. Diejenigen, die sich den ganzen Tag auf den Beinen halten können ohne zusammenzubrechen, dürfen sich fortpflanzen. Die Schwächeren müssen es nächstes Jahr erneut versuchen. Eigentlich ein ganz gutes genetisches System.«

Carman blickte zurück auf die Horden rotierender fremder Wesen, die wie wild die breite Straße herunterwirbelten, umschlungen in verzweifelter Liebesumarmung.

»Die Nasenringe zeigen Männlichkeit an«, fuhr Blyde fort. »Terrestrische Männer, die hierbleiben, müssen sie ebenfalls tragen, da sind die Eingeborenen sehr, sehr penibel. Man muß mit den Wölfen heulen, Sie verstehen. Den Ihren gebe ich Ihnen heute abend.«

»Augenblick mal«, sagte Carman beunruhigt, als Blyde eine Bürotür aufschloß und ihn in einen vollgestopften kleinen Raum mit Buchmagnetbändern und überall verstreuten Papieren führte. »Ich will ja gar nicht bleiben, hören Sie. Die Kämpfe finden auf und bei Sirius IV statt. Dahin will ich, sobald ich bei den Behörden gewesen bin und mich eingeschrieben habe.«

Blyde ließ sich schwerfällig in einen dickgepolsterten Pneumosessel fallen, wischte sich mit einem parfümierten Tuch den Schweiß von der Stirn und seufzte unglücklich.

»Mein lieber Mr. Carman, ich weiß weder, welche Motive Sie veranlaßt haben, dieses System aufzusuchen, noch, mit welchen Kniffen Sie zu einer Passage gelangt sind. Aber da Sie nun einmal hier sind, müssen Sie einiges erfahren.«

»Nämlich?«

»Zum ersten, daß im ganzen Sirius-System derzeit nirgends Feindseligkeiten stattfinden.«

»Keine – Feindseligkeiten?« ächzte Carman betäubt. »Dann ist der Krieg also schon vorbei?«

Blyde legte die Fingerspitzen aneinander.

»Sie mißverstehen mich. Zwischen der Erde und Sirius IV hat es nie einen Krieg gegeben. Möchten Sie etwas trinken?«

»Bourbon«, sagte Carman automatisch. »Nie – einen – Krieg – gegeben? Aber wie –«

»Wirtschaftslenker Harrison Morch von der Erde ist ein großer Mann«, sagte Blyde scheinbar unvermittelt und legte den Kopf zurück, als wolle er das Netzmuster der Risse an der Decke studieren. Irgendwo summte wirkungslos eine Klimaanlage. »Wirtschaftslenker Morch hat ein ganzes Leben dafür aufgewendet, die Motive für Fluktuationen bei wirtschaftlichen Abläufen zu studieren.«

Carmans Kehle war wie ausgetrocknet. Die feuchte Wärme der Atmosphäre von Sirius VII, die zusätzliche Belastung durch die größere Schwerkraft, die ruhige Sanftheit des Konsuls, der blanke Unsinn, den er daherredete – alle diese Dinge vereinigten sich, um Carman bis ins Mark zu erschüttern.

»Was hat das alles zu tun mit –«

Blyde hob eine manikürte Hand.

»Wirtschaftslenker Morch hat aufgrund seiner Studien das den Theoretikern seit Jahrhunderten bekannte allgemeine Wirtschaftsprinzip zu einer Formel reduziert: daß nämlich die Ausgaben in direktem Verhältnis zu ungünstigen militärischen Meldungen steigen. Die Verbraucher feiern Kauforgien im Gedenken an die letzten Warenverknappungen und raschen Preissteigerungen. Das Geld fließt freier. Wenn der Krieg lange genug dauert, kommt es natürlich zur inflationären Entwicklung, die erforderlich macht, daß man einen ebenso virulenten Frieden betreibt.«

Carman ahnte dumpf, was kommen mußte.

»Nein«, sagte er.

»Doch. Es gibt keinen Krieg mit Sirius. Es war ein genialer Einfall Morchs, sich auf die Unzuverlässigkeit der interstellaren Kommunikation zu stützen und über das ganze Sirius-System eine Nachrichtenblockade zu verhängen. Es ist sehr einfach, fabrizierte Kriegsmeldungen zu verbreiten, gänzlich fiktive Raumschiffe zu erfinden, die in jedem gewünschten Augenblick auf blutigste Weise zugrundegehen, öffentliches Interesse zu erregen und es auf gleichbleibender Gipfelhöhe zu halten –«

»Sie meinen«, sagte Carman tonlos, »daß Morch den ganzen Krieg erfunden hat und terrestrische Siege und Verluste je nach den wirtschaftlichen Umständen zu Hause arrangiert?«

»Ein großartiger Plan«, sagte Blyde mit zufriedenem Lächeln. »Wenn nicht genug ausgegeben wird, gelangen Meldungen über schwere Verluste im Weltraum zur Heimatfront, und die schlechten Nachrichten dienen dazu, die Geldbörsen zu öffnen. Wenn die Wirtschaft wiederbelebt ist, streben die Legionen der Erde dem Sieg entgegen, und es wird wieder weniger ausgegeben. Wir geben in Zeiten der Belastung, wenn wir Trost brauchen, viel aus – nicht im Frieden.«

Carman blinzelte.

»Ich habe sechstausend Dollar ausgegeben und einen Paß gefälscht, um hierherzukommen und das zu erfahren! Das einzige Mal in meinem Leben, wo ich beschließe, wirklich etwas zu tun, statt einfach dazusitzen und alles mit mir geschehen zu lassen, entdecke ich, daß alles nur Schwindel ist!« Er bewegte versuchsweise die Finger, als überlege er sich, was er damit anfangen könnte.

Blyde schien Mitgefühl zu empfinden.

»Für Sie ist das gewiß schrecklich unangenehm, aber nicht schlimmer als für uns, mit unserer mühseligen Aufgabe, diesen wohltätigen Schwindel aufrechtzuerhalten und ihn vor Möchtegern-Entlarvern zu schützen.«

»Sie wollen mich also umbringen?«

Blyde erbleichte angesichts der brutalen Frage.

»Mr. Carman! Wir sind keine Barbaren!«

»Was haben Sie dann mit mir vor?«

Der Konsul zuckte die Achseln.

»Es gibt nur eine voll befriedigende Möglichkeit. Wir finden auf Sirius VII einen guten Posten für Sie. Sie werden hier viel glücklicher sein als auf der Erde. Ihre Rückkehr kann natürlich nicht genehmigt werden.«

Aber der Mann, der sich ein Visum für den Sirius zu erschleichen vermag, findet auch einen Weg nach Hause. Bei Carman dauerte es volle sieben Monate – Monate des Lebens in der klebrigen, ungemilderten Hitze von Sirius VII, des Ausweichens vor den verspielten Bärenwesen, des Kotaus vor Blyde, dessen Sekretär er geworden war, bei einem Wochengehalt von sechzig Dollar, des Tragens eines Nasenrings aus Messing.

Es dauerte sieben Monate, bis er Blydes Unterschrift zu seiner eigenen Zufriedenheit beherrschte und sich im örtlichen diplomatischen Protokoll so auskannte, daß er von dem kleinen militärischen Außenposten bei Zuorf ein Raumschiff requirieren konnte. Ein Bote – aus obskuren religiösen Gründen gab es auf dem Planeten kein Telefon – erschien im Konsulat mit der Meldung, daß das Schiff bereitstehe.

»Warte draußen«, sagte Carman zu dem Jungen.

Blyde sah von seinem Schreibtisch auf und sagte: »Was für ein Schiff meint er?«

»Das, mit dem ich zur Erde zurückfliege«, sagte Carman und löste die Schlafkapsel aus. Blyde lächelte lieb, als er das Bewußtsein verlor. Carman folgte dem Jungen zum Raumflughafen.

Ein schlankes, rankes Zwei-Mann-Schiff wartete dort, elegant und im grellen Sonnenlicht wie Gold glänzend. Der Pilot war ein tüchtig aussehender, weltraumgebräunter Mann namens Duane.

»Kuriertasche«, sagte Carman und übergab ihm die lederne Aktentasche, die er sich eigens dafür beschafft hatte. Duane verstaute sie ehrfürchtig in der Frachtluke, und sie hoben ab.

»Zuerst zu Sirius IV«, befahl Carman. »Ich soll dort Filmaufnahmen machen. Geheim, versteht sich.«

»Versteht sich.«

Sie umkreisten den kleinen, grauen, narbigen Planeten in einer Höhe von fünfzigtausend Fuß, und Carman machte genügend wolkendurchdringende Infrarotaufnahmen, um schlüssig zu beweisen, daß es keinen Krieg zwischen den freundlichen Amphibien-Ureingeborenen und der Erde gab und nie einen gegeben hatte. Befriedigt wies er den Piloten an, sofort in Richtung Sol weiterzufliegen.

Sie erreichten die Erde neunzehn Tage später, am 3. August 2672. Eine Abteilung der Geheimpolizei erwartete sie, als sie auf dem Raumflughafen des Oberen Urbandistrikts landeten, und Carman wurde sofort in eine Zelle im Bundesgefängnis in den Tunnels tief unter Alt-Manhattan gebracht. Blyde hatte offenbar über Subfunk Meldung von Carmans Flucht gemacht.

Am Abend bekam Carman in seiner Zelle Besuch von einem vertrocknet aussehenden, fast nur aus Haut und Knochen bestehenden Mann im blauen Umhang und der roten Perücke des hohen Regierungsrangs.

»Sie sind also der Sünder!«

»So heißt es. Wer sind Sie?«

»Ferdan Veller, Verwaltungsassistent von Lenker Morch. Der Lenker schickt mich, damit ich feststelle, wer und wie Sie sind.«

»Na schön, das haben Sie gesehen«, sagte Carman. »Verschwinden Sie.«

Vellers melancholische Augen weiteten sich.

»Ich sehe, daß Sie ein entschlossener Mann sind, Mr. Carman. Zweifellos stecken Sie voller Pläne, zu fliehen, Ihre beschlagnahmten Filme zurückzuholen und der Welt klarzumachen, was für ein heimtückischer Betrug im Namen einer ausgeglichenen Wirtschaft verübt wird – wie?«

»Möglich«, gab Carman zu.

»Dann interessiert Sie vielleicht das Telefak-Blatt von heute morgen«, sagte Veller und reichte ihm den abgetrennten gelben Streifen.

Die Schlagzeile lautete:

> ›Neue Aggression bedroht die Erde
>
> Government City, 3. August 2672 – Die Erde erfuhr heute von einer weiteren Bedrohung ihres Friedens, unmittelbar nach dem Abschluß der Polizeiaktion im Sektor Sirius. Streitkräfte im Andromeda-Nebel haben der Erde gegenüber feindselige Erklärungen abgegeben, und ein neuer Konflikt droht –‹

»Sie haben das mit dem Sirius abgebrochen, weil Sie befürchteten, ich würde es bloßlegen«, beschuldigte Carman den anderen. »Und jetzt fangen Sie einen neuen Krieg an.«

Veller lächelte selbstzufrieden.

»Gewiß. Der Große Andromeda-Nebel ist 900 000 Lichtjahre entfernt. Der Hin- und Rückflug nimmt sogar mit dem Hyperantrieb gute zwanzig Jahre in Anspruch.« Er grinste und zeigte ein mit Zahnstein bedecktes Gebiß. »Sie sind ein entschlossener Mann, Mr. Carman. Es mag durchaus sein, daß Sie entfliehen. Vielleicht erreichen Sie sogar den Andromeda-Nebel und kommen mit Beweismaterial zurück, das uns neuerlich entlarvt. Falls Sie lange genug leben, um zurückzukommen, meine ich. Ich glaube, unser Wirtschaftsprogramm sieht sich von Ihnen nicht unmittelbar bedroht.«

Er lächelte schief und ging. Die Zellentür fiel krachend zu.

»Kommen Sie zurück!« schrie Carman. »Sie können die Menschheit nicht so betrügen! Ich verrate alles! Ich gehe hin und entlarve –«

Er bekam keine Antwort zu hören. Niemand hörte ihm zu. Und niemand würde ihm je wieder zuhören, begriff Carman dumpf.

Das Telefon summte. Northrop drückte die Einschalttaste und hörte Maurillo sagen: »Wir haben ein Gangrän, Chef. Heute abend wird amputiert.«

Northrops Pulsschlag beschleunigte sich.

»Wieviel?« fragte er.

»Fünftausend für alle Rechte.«

»Narkose?«

»Leider«, sagte Maurillo. »Ich habe es anders versucht – ohne Erfolg.«

»Was haben Sie geboten?«

»Zehn. Nichts zu machen.«

Northrop seufzte.

»Ich muß mich wohl selbst darum kümmern. Wo ist der Patient?«

»Clinton-Klinik, Allgemeinstation.«

Northrop zog seine buschigen Brauen hoch und funkelte den Bildschirm an.

»Allgemeinstation?« brüllte er. »Und Sie haben kein Einverständnis erzielt?«

Maurillo schien zu schrumpfen.

»Es lag an den Angehörigen, Chef. Sie waren stur. Dem Alten schien es egal zu sein, aber die Angehörigen –«

»Na gut. Bleiben Sie dort. Ich komme hin, um abzuschließen«, fauchte Northrop. Er schaltete ab und zog zwei leere Formblätter aus dem Schreibtisch, für den Fall, daß die Angehörigen nachgaben. Gangrän war Gangrän, aber Zehntausend waren Zehntausend. Und Geschäft war Geschäft. Die Sendegesellschaften schrien nach Material. Er mußte es liefern oder aussteigen. Er schaltete den Autosekretär ein. »In dreißig Sekunden meinen Wagen, Ausgang South Street.«

»Ja, Mr. Northrop.«

»Wenn mich in der nächsten halben Stunde jemand anruft, Gespräch aufzeichnen. Ich fahre in die Clinton-Klinik, möchte aber dort nicht angerufen werden.«

»Ja, Mr. Northrop.«

»Wenn Rayfield vom Sender anruft, sagen Sie, daß ich einen Knüller bringe. Sagen Sie ihm – ach, sagen Sie, daß ich in einer Stunde zurückrufe. Ende.«

»Ja, Mr. Northrop.«

Northrop funkelte die Maschine an und verließ sein Büro. Mit dem Schwebeschacht war er praktisch in Nullkommanichts vierzig Etagen tiefer. Sein Wagen wartete, wie angeordnet – ein langer, eleganter Frontenac, Baujahr 08, mit Glaskuppel. Kugelsicher, das verstand sich von selbst. Mediaproduzenten waren nicht selten Attentaten von Verrückten ausgesetzt.

Er lehnte sich zurück in die dicken Polster. Der Wagen fragte, wohin er wolle, und er antwortete.

»Her mit einer Aufputschpille«, sagte er dann.

Eine Pille rollte aus dem Spender vor ihm. Er schluckte sie hinunter. Maurillo, du machst mich krank, dachte er. Warum kannst du nicht einmal einen einzigen Vertrag ohne mich abschließen?

Er merkte sich etwas vor: Maurillo würde gehen müssen. Die Organisation konnte Leistungsschwäche nicht dulden.

Das Krankenhaus war alt, untergebracht in einer der vulgären Grünglas-Architekturverirrungen, die vor sechzig Jahren so populär gewesen waren, ein geschmackloses Ding mit glatten Wänden, ohne Charakter und ohne Eleganz.

Die Iris des Haupteingangs dehnte sich, und Northrop ging hinein. Der bekannte Krankenhausgeruch stieg ihm in die Nase. Den meisten Menschen war er unangenehm, aber nicht Northrop. Für ihn war es der Geruch nach Dollars.

Das Krankenhaus war so alt, daß es dort noch Krankenschwestern und Pfleger gab. Gewiß, durch die Korridore huschten genug Mechos, aber hier und dort schob eine ältere Schwester, selbstgefällig an ihrem Amt festhaltend, einen Wagen mit Breitellern, oder ein wackliger Pfleger trug einen Besen vorbei. In seiner Anfangszeit im Fernsehen hatte Northrop einen Dokumentarfilm über die lebenden Fossilien der Klinikkorridore gedreht und einen Preis dafür bekommen. Er erinnerte sich an die Überblendungen von ältlichen Krankenschwestern auf glänzende Mechos, an die lebendige Darstellung der Unmenschlichkeit dieser neuen Kliniken. Es war lange her, seit Northrop solche Dokumentarfilme gemacht hatte. Heutzutage wurde eine andere Art von Show verlangt, und zwar, seitdem es die Intensivierer gab und medizinisches Fernsehen zu einer Kunstform geworden war.

Ein Mecho brachte ihn zur Station 7. Dort wartete Maurillo, ein kleiner, lebhafter Mann, der jetzt nicht sehr lebhaft war. Maurillo grinste Northrop künstlich an und sagte: »Das ist aber schnell gegangen, Chef!« Er wußte, daß er versagt hatte.

»Wie lange braucht die Konkurrenz, um sich einzuschalten?« gab Northrop zurück. »Wo ist der Patient?«

»Ganz hinten. Sehen Sie den Vorhang? Den habe ich anbringen lassen. Um die Erben für mich einzunehmen. Die Angehörigen, meine ich.«

»Informieren Sie mich«, sagte Northrop. »Wer führt das Wort?«

»Der älteste Sohn, Harry. Passen Sie auf bei dem. Er ist habgierig.«

»Wer ist das nicht?« Northrop seufzte.

Sie standen am Vorhang. Maurillo zog ihn auseinander. In der ganzen Station regten sich die Patienten. Lauter potentielle Kandidaten für Sendungen, dachte Northrop. Die Welt war voll von allen möglichen Arten der Krankheit – und die eine nährte sich von der anderen.

Er trat durch den Vorhang. Im Bett lag ein eingefallener, hagerer Mann, das Gesicht grünlich, mit Bartstoppeln übersät. Ein Mecho stand neben dem Bett, und ein Dauertropfschlauch verschwand unter der Decke.

Der Patient schien mindestens neunzig Jahre alt zu sein.

Selbst wenn man der Krankheit davon zehn Jahre zuschreiben mußte, war er noch sehr alt, dachte Northrop.

Er sah die Angehörigen an.

Es waren acht. Fünf Frauen, von mittlerem Alter bis herab zur Halbwüchsigkeit. Drei Männer, der älteste um die Fünfzig, die anderen beiden etwa vierzig. Söhne, Nichten und Enkeltöchter, schätzte Northrop.

Er sagte ernst: »Ich weiß, was für eine furchtbare Tragödie das für Sie alle sein muß. Ein Mann in der Reife seines Lebens – das Oberhaupt einer glücklichen Familie –« Northrop starrte den Patienten an. »Aber ich weiß, daß er es schaffen wird. Ich spüre die Kraft in ihm.«

Der älteste Verwandte sagte: »Ich bin Harry Gardner. Ich bin sein Sohn. Kommen Sie vom Sender?«

»Ich bin der Produzent«, sagte Northrop. »Gewöhnlich komme ich nicht selbst, aber mein Assistent hat mir mitgeteilt, was für eine menschlich große Situation hier gegeben ist, was für ein tapferer Mann Ihr Vater sei –«

Der Mann im Bett schlief weiter. Er sah todkrank aus.

»Wir haben uns geeinigt«, sagte Harry Gardner. »Fünftausend Dollar. Wir würden es nicht tun, wenn nicht die Klinikrechnungen wären. Die können einen ruinieren.«

»Ich verstehe vollkommen«, antwortete Northrop salbungsvoll. »Deshalb sind wir auch bereit, unser Angebot zu erhöhen. Wir kennen die katastrophalen Auswirkungen von Krankenhausaufenthalten für eine kleine Familie sehr genau, auch heutzutage, in Zeiten des größten Schutzes. Und deshalb sehen wir uns in der Lage, Ihnen anzubieten –«

»Nein! Wir bestehen auf Narkose!« Es war eine der Töchter, eine rundliche, farblose Frau mit schmalen, blutleeren Lippen. »Wir lassen nicht zu, daß er Ihretwegen leidet!«

Northrop lächelte.

»Es wäre nur ein kurzer Augenblick des Schmerzes für ihn, glauben Sie mir. Wir würden mit der Narkose unmittelbar nach der Amputation einsetzen. Fangen wir nur diesen einen Augenblick der –«

»Das ist nicht recht! Er ist alt, er braucht die beste Behandlung! Die Schmerzen könnten ihn umbringen!«

»Ganz im Gegenteil«, sagte Northrop sanft. »Die wissenschaftliche Forschung hat gezeigt, daß der Schmerz bei Amputationen oft zuträglich ist. Er ruft eine Nervenblockade hervor, wissen Sie, die selbst eine Art Narkose erzeugt, ohne die schädlichen Wirkungen der Chemotherapie. Und sobald die Gefahrenvektoren unter Kontrolle sind, können die normalen Narkosemaßnahmen eingeleitet werden, und –« er atmete tief ein und rollte mit der Dampfwalze unbeirrt weiter – »mit dem von uns gebotenen Zusatzhonorar können Sie Ihrem Lieben das absolut Beste in der medizinischen Pflege bieten. Es gibt dann keinerlei Anlaß, irgendwo zu sparen.«

Man wechselte verstohlene Blicke.

»Wieviel bieten Sie für das absolut Beste in der medizinischen Pflege?« fragte Harry Gardner.

»Darf ich das Bein sehen?« gab Northrop zurück.

Die Decke wurde aufgeschlagen. Northrop riß die Augen auf.

Es war ein schlimmer Fall. Northrop war kein Mediziner, aber er arbeitete schon fünf Jahre in diesem Beruf, und das war lang genug, ihn auch als Amateur mit den Krankheiten vertraut zu machen. Er wußte sofort, daß der alte Mann in sehr schlechter Verfassung war. Es sah nach einer schweren Verbrennung hoch oben an der Wade aus, die man vermutlich selbst behandelt hatte, und in fröhlicher proletarischer Unwissenheit hatte die Familie dann den alten Mann verfaulen lassen, bis Wundbrand eingetreten war. Jetzt zeigte sich das Bein schwarz, glänzend, von der Wade bis zu den Zehenenden dick geschwollen. Alles sah weich und faulig aus. Northrop hatte das Gefühl, daß er nur hinzulangen brauchte, um die Zehen der Reihe nach abzubrechen.

Der Patient würde nicht am Leben bleiben.

Amputation oder nicht, er war inzwischen schon bis ins Mark

verfault. Wenn ihn der Schock der Amputation nicht das Leben kostete, dann der allgemeine Verfall. Wirklich gutes Material für die Sendung. Es war die Art von magenumstülpendem, stellvertretend mitzuerlebendem Leiden, wie es Millionen Zuschauer gierig verfolgten.

Northrop hob den Kopf und sagte: »Fünfzehntausend, wenn Sie zustimmen, daß ein vom Sender gestellter Chirurg zu unseren Bedingungen operiert. Und zusätzlich bezahlen wir das Honorar des Chirurgen.«

»Tja –«

»Außerdem übernehmen wir für Ihren Vater die gesamten Kosten der Pflege nach dem Eingriff«, fügte Northrop sofort hinzu. »Selbst wenn er ein halbes Jahr im Krankenhaus liegt, bezahlen wir jeden Cent, über das Sendehonorar hinaus.«

Er hatte sie in der Tasche. Er sah die Habgier in ihren Augen. Sie waren mittellos. Er war aufgetreten, um sie zu retten, und es spielte nun doch keine gar so große Rolle, ob der alte Mann ohne Narkose blieb, während sie ihm das Bein absägten, oder? Er war ja auch jetzt kaum bei Bewußtsein. Er würde praktisch gar nichts spüren. Fast gar nichts.

Northrop präsentierte die Dokumente, die Verzichterklärungen, die Verträge über Nebenrechte und Wiederholungssendungen in Lateinamerika, die Verrechnungsschecks, alles, was dazugehörte. Er schickte Maurillo nach einem Sekretär, und einige Augenblicke später nahm ein glänzender Mecho alles auf.

»Wenn Sie hier unterschreiben wollen, Mr. Gardner –«

Northrop gab dem ältesten Sohn den Federhalter. Unterschrieben, gesiegelt, geliefert.

»Wir operieren heute abend«, sagte Northrop. »Ich schicke sofort unseren Chirurgen. Einen unserer besten Leute. Wir bieten Ihrem Vater die Pflege, die er verdient.«

Er steckte die Unterlagen ein.

Es war geschafft. Vielleicht war es barbarisch, einen alten Mann auf diese Weise zu operieren, dachte Northrop. Aber schließlich trug nicht er die Verantwortung dafür. Er lieferte dem Publikum nur das, was es verlangte. Und das Publikum verlangte spritzendes Blut und gemarterte Nerven.

Was machte es dem alten Mann überhaupt aus? Jeder erfahrene Mediziner konnte sofort erkennen, daß er so gut wie tot war. Die Operation würde ihn nicht retten. Die Narkose konnte ihn nicht retten. Wenn er nicht am Wundbrand starb, dann am postoperativen Schock. Schlimmstenfalls würde er unter dem Messer einige Minuten leiden ... Aber seine Familie brauchte wenigstens nicht den finanziellen Ruin zu befürchten.

Auf dem Weg nach draußen sagte Maurillo: »Finden Sie das nicht ein bißchen riskant, Chef? Das Angebot, die ganzen Krankenhauskosten zu übernehmen, meine ich.«

»Man muß manchmal Hasard spielen, um zu bekommen, was man möchte«, sagte Northrop.

»Schon, aber das könnten fünfzig-, sechzigtausend Dollar werden! Wie sieht dann unser Budget aus?«

Northrop grinste.

»Wir werden es überleben. Im Gegensatz zu dem alten Mann. Er überlebt die Nacht nicht. Wir haben keinen Cent riskiert, Maurillo. Nicht einen einzigen Cent.«

Im Büro gab Northrop die Unterlagen über die Amputation Gardners an seine Assistenten weiter, setzte die Maschinerie für die Sendung in Gang und machte für diesen Tag Schluß.

Es blieb nur noch eine schmutzige Arbeit zu tun. Er mußte Maurillo entlassen.

So nannte man das natürlich nicht. Maurillo hatte einen Anspruch, wie die Krankenhauspfleger und alle anderen Leute unter Managerrang. Es würde eher eine Beförderung sein als eine Entlassung.

Northrop war mit den Leistungen des kleinen Mannes schon seit Monaten zunehmend unzufrieden. Der heutige Tag hatte den Ausschlag gegeben. Maurillo besaß keine Phantasie. Er wußte nicht, wie man einen Handel abschloß. Warum war er nicht auf den Gedanken gekommen, die Krankenhauskosten zu übernehmen? Wenn ich keine Verantwortung an ihn delegieren kann, dachte Northrop, ist er unbrauchbar. Es gab in der Firma genügend Produktionsassistenten, die gerne für ihn einspringen würden.

Northrop sprach mit ein paar Leuten und traf seine Wahl: ein junger Mann namens Barton, der das ganze Jahr an Dokumentarfilmen gearbeitet hatte. Barton hatte im Frühling die Sache mit dem Flugzeugabsturz abgeschlossen. Er war im vergangenen Jahr in Juneau beim Brand in der Weltausstellung zur Stelle gewesen. Ja, Barton war der richtige Mann.

Der nächste Schritt war unangenehm. Denn dabei konnte einiges schiefgehen.

Northrop rief Maurillo an, obwohl Maurillo nur zwei Zimmer entfernt war – so etwas wurde nie von Mann zu Mann erledigt –, und sagte: »Ich habe gute Nachrichten für Sie, Ted. Wir versetzen Sie zu einem neuen Programm.«

»Versetzen –?«

»Richtig. Wir haben uns heute nachmittag hier unterhalten und sind uns einig, daß Sie zu schade für die Blut-und-Gedärme-Sendung sind. Sie brauchen mehr Raum für Ihre Talente. Sie werden deshalb zur ›Stunde für die Kleinen‹ versetzt. Da werden Sie erst richtig aufblühen. Sie und Sam Kline und Ed Bragan müßten ein hervorragendes Team sein.«

Northrop sah Maurillos schwammiges Gesicht zerfallen. Die Arithmetik war klar: Hier war Maurillo Nummer Zwei, bei der neuen, viel unwichtigeren Sendung würde er Nummer Drei sein. Auf die Bezahlung kam es gar nicht an; kassierte nicht ohnehin das Finanzamt alles? Es war ein Tritt mit dem Stiefel, und Maurillo wußte es.

Die Gebräuche verlangten von ihm, daß er so tat, als sei ihm eine seltene Ehre zuteil geworden. Er spielte nicht mit. Er kniff die Augen zusammen und sagte: »Nur weil ich den Vertrag über die Amputation des alten Mannes nicht gemacht habe?«

»Wie kommen Sie auf –«

»Drei Jahre war ich bei Ihnen. Drei Jahre, und Sie werfen mich einfach so hinaus!«

»Ich sagte doch, Ted, wir sind der Ansicht, daß das eine großartige Gelegenheit für Sie ist. Ein Schritt auf der Leiter nach oben. Eine –«

Maurillos Gesicht verzerrte sich vor Wut.

»Ein Hinauswurf«, sagte er bitter. »Na, macht nichts; zufällig habe ich ein anderes Angebot. Ich mache Schluß, bevor Sie mich feuern. Sie können Ihre Planstelle haben und –«

Northrop schaltete hastig ab.

Dieser Idiot, dachte er. Dieser fette, kleine Idiot. Soll er sich doch zum Teufel scheren!

Er räumte seinen Schreibtisch ab und säuberte sein Gehirn von allen Gedanken an Ted Maurillo und seine Probleme. Das Leben war real, das Leben war ernst. Maurillo schaffte es einfach nicht, das war alles.

Northrop machte sich für den Heimweg fertig. Es war ein langer Tag gewesen.

Um acht Uhr abends kam die Meldung, daß der alte Gardner auf den Operationstisch kommen sollte. Um zehn Uhr wurde Northrop vom Chefchirurgen des Senders, Dr. Steele, angerufen und davon unterrichtet, daß die Operation ein Mißerfolg gewesen war.

»Wir haben ihn aufgeben müssen«, sagte Steele tonlos und ungerührt. »Wir haben alles versucht, aber es war aussichtslos. Herzkammerflimmern und aus. Wir konnten nichts mehr tun.«

»Ist das Bein amputiert?«

»Na klar. Das passierte erst nach der Operation.«

»Alles aufgezeichnet?«

»Ist eben in Bearbeitung.«

»Okay«, sagte Northrop. »Danke für den Anruf.«

»Es tut mir leid.«

»Keine Sorge«, meinte Northrop. »Das passiert jedem einmal.«

Am nächsten Morgen schaute sich Northrop die Aufzeichnung an. Die Vorführung fand im Studio in der 23. Etage statt, und ein ausgewähltes Publikum war zur Stelle – Northrop, sein neuer Assistent Barton, ein paar Direktoren der Sendegesellschaft, zwei Männer vom Schneideraum. Hübsche, vollbusige Mädchen verteilten Intensivier-Helme. Mechos gab es hier nicht!

Northrop setzte den Helm auf. Er spürte das vertraute Hochfluten der Erregung, als sich die Elektroden herabsenkten und das Schädeldach berührten. Er schloß die Augen. Irgendwo im Raum surrte es, als der EEG-Verstärker eingeschaltet wurde. Der Bildschirm wurde hell.

Da war der alte Mann. Da war das brandige Bein. Da war Dr. Steele, ruhig und robust, mit einem Grübchen im Kinn, der Starchirurg des Senders, eine Viertelmillion Dollar Honorar im Jahr. Da war das Skalpell, in Steeles Hand funkelnd.

Northrop begann zu schwitzen. Die verstärkten Gehirnwellen erreichten ihn durch den Intensivierer, und er spürte das Pochen im Bein des alten Mannes, fühlte den dumpfen Schmerz hinter der Stirn des alten Mannes, fühlte die Schwäche seiner achtzig Jahre, des halbtoten Körpers.

Steele prüfte das elektronische Skalpell, während die Operationsschwestern den Mann für die Operation vorbereiteten. Die fertige Aufzeichnung würde Musik enthalten, Kommentare und alles, was dazu gehörte, aber jetzt gab es nur die lautlose Folge der Bilder, und natürlich die aufgezeichneten Gehirnwellen des Kranken.

Das Bein war freigelegt.

Das Skalpell sank herunter.

Northrop zuckte, als übertragene Agonie durch seinen Körper flutete. Er spürte die aufflammenden Schmerzen, die kurze, alles versengende Hölle, als das Skalpell verrottendes Fleisch und faulenden Knochen durchtrennte. Sein ganzer Körper zitterte, er zerbiß sich die Lippen und ballte die Fäuste, und dann war alles vorbei.

Der Schmerz hörte auf. Eine Katharsis trat ein. Das Bein sandte seine pulsierenden Botschaften nicht mehr in das erschöpfte Gehirn. Jetzt herrschte der Schock, die Anästhesie hochgeputschter Qual, und der Schock brachte Ruhe. Steele beendete die Operation. Er säuberte den Stumpf und verband ihn.

Die Aufnahmen flackerten vorbei. Später würde das Produktionsteam die Sendung mit Interviews der Angehörigen ergänzen, vielleicht mit Ausschnitten von der Beerdigung, mit ein paar Bemerkungen über die Probleme des Wundbrands bei alten Menschen. Das waren die Beigaben. Was zählte, was die Zuschauer wollten, war die reine Bösartigkeit stellvertretend gespürter Schmerzen, und das bekamen sie in vollem Maß. Es war ein Gladiatorenkampf ohne Gladiatoren, Masochismus, kaschiert als Medizin. Es wirkte. Es lockte die Zuschauer zu Millionen an.

Northrop wischte sich den Schweiß von der Stirn.

»Da haben wir offenbar wieder einmal eine tolle Show, Jungs«, sagte er befriedigt.

Die Befriedigung hielt an, als er abends das Funkhaus verließ. Den ganzen Tag hatte er hart gearbeitet, um die Sendung fertigzustellen, in Besprechungen, im Schneideraum. Das Handwerkliche machte ihm großen Spaß. Damit brachte er es fertig, das Schmutzige des Programms wenigstens teilweise zu vergessen.

Es war schon Nacht, als er ging. Er trat ins Freie, und eine Gestalt kam auf ihn zu, eine stämmige Gestalt, mittelgroß, erschöpftes Gesicht. Eine Hand zuckte vor und stieß ihn grob in die Halle zurück.

Zunächst erkannte Northrop das Gesicht des Mannes nicht. Es war ein leeres Gesicht, ein Nichts, ein ältliches, leeres Gesicht. Dann kam er dahinter.

Harry Gardner. Der Sohn des Toten.

»Mörder!« kreischte Gardner. »Sie haben ihn umgebracht! Er wäre am Leben geblieben, wenn Sie Narkose angewendet hätten! Sie Schwindler, Sie haben ihn umgebracht, damit die Leute im Fernsehen sich aufgeilen!«

Northrop schaute sich um. Jemand kam um die Biegung des Korridors. Northrop blieb ruhig. Er konnte diesen Niemand mit Blicken allein zurückhalten.

»Hören Sie«, sagte Northrop, »wir haben für Ihren Vater alles getan, wozu die Medizin fähig ist. Wir haben ihm das Äußerste an Pflege zuteil werden lassen. Wir –«

»Sie haben ihn umgebracht!«

»Nein«, sagte Northrop, und dann sagte er nichts mehr, weil er in der dicken Hand des Mannes mit dem leeren Gesicht eine Laserpistole aufblitzen sah.

Er wich zurück. Es nützte nichts, denn Gardner drückte auf den Auslöser, und ein schillernder Strahl fauchte hinaus und durchschnitt Northrops Bauch ebenso glatt, wie das Skalpell des Chirurgen das brandige Bein durchtrennt hatte.

Gardner raste davon. Seine Schritte klapperten auf dem Marmorboden. Northrop brach zusammen und preßte die Hände auf den Bauch.

Sein Anzug war versengt. Ein Schnitt ging durch seinen Bauch, eine Flammenspur, drei Millimeter breit und vielleicht zehn Zentimeter tief, durch Eingeweide, durch Organe, durch Fleisch. Der Schmerz hatte sich noch nicht gemeldet. Seine Nerven übertrugen die Botschaft noch nicht in sein betäubtes Gehirn.

Aber dann war es soweit, und Northrop wand und krümmte sich in Todesqual, die er alles andere als stellvertretend empfand.

Schritte näherten sich.

»Mensch«, sagte eine Stimme.

Northrop zwang sich, ein Auge zu öffnen. Maurillo. Ausgerechnet Maurillo.

»Einen Arzt!« stöhnte Northrop. »Schnell! Mein Gott, diese Schmerzen! Helfen Sie mir, Ted!«

Maurillo blickte auf ihn hinunter und lächelte. Wortlos ging er zu der zwei Meter entfernten Telefonzelle, warf eine Marke hinein und drückte die Wähltasten.

»Einen Einsatzwagen her, schnell. Ich habe Material, Chef.«

Northrop wand sich in Qualen. Maurillo kauerte neben ihm.

»Einen Arzt«, ächzte Northrop. »Wenigstens eine Spritze. Eine Spritze, bitte! Die Schmerzen –«

»Ich soll die Schmerzen betäuben?« Maurillo lachte. »Kommt nicht in Frage. Halten Sie brav durch. Bleiben Sie am Leben, bis wir Ihnen den Helm aufsetzen und alles aufzeichnen können.«

»Aber Sie arbeiten nicht für mich. Sie sind nicht mehr bei –«

»Stimmt«, sagte Maurillo. »Ich bin jetzt bei der Transcontinental. Die bringen in Zukunft auch eine Blut-und-Gedärme-Sendung. Nur brauchen die keine Unterschriften.«

Northrop riß die Augen auf. Transcontinental? Das illegale Unternehmen, das Aufzeichnungen in Afghanistan und Mexiko und Ghana und weiß Gott wo unter der Hand anbot? Nicht einmal ein Programm in einem großen Sender, dachte er. Kein Honorar! In Qualen sterben, für einen Verein lausiger Gauner. Das war das Schlimmste, dachte Northrop. Nur Maurillo war zu so etwas fähig.

»Eine Spritze! Um Gottes willen, Maurillo, eine Spritze!«

»Ausgeschlossen. Der Einsatzwagen ist gleich da. Die Leute flicken Sie zusammen, und wir zeichnen hübsch auf.«

Northrop schloß die Augen. Er spürte, wie seine Eingeweide lichterloh brannten. Er zwang sich, zu sterben, Maurillo zu betrügen. Aber es hatte keinen Zweck. Er blieb am Leben und litt weiter.

Er lebte eine Stunde lang. Es blieb Zeit genug, seine Qualen aufzuzeichnen. Als letztes dachte er, wie schade es war, daß er nicht als Star in seiner eigenen Sendung auftreten konnte.

Gleich und gleich

Es war unser erster Anwerbetag auf dem Planeten, und die fremden Lebewesen standen in langen Reihen vor dem Büro, das ich gemietet hatte. Als ich vom Hotel die Straße hinunterging, konnte ich sie ohne Schwierigkeiten hören und sehen und riechen.

Meine drei Mitarbeiter, Auchinleck, Stebbins und Ludlow, bildeten vor mir eine Art Schutzschild. Ich schaute zwischen ihnen hindurch, um mir den Ertrag anzusehen. Die fremden Wesen gab es in allen möglichen Gestalten und Formen, Farben und Zusammensetzungen – und alle gierten nach einem Vertrag mit Corrigan. Die Galaxis ist voll von bizarren Wesen, aber es gibt kaum eine Gattung, die dem uralten exhibitionistischen Trieb widerstehen kann.

»Schickt sie einzeln der Reihe nach herein«, sagte ich zu Stebbins. Ich huschte ins Büro, setzte mich an den Schreibtisch und wartete auf den Beginn der Prozession.

Der Planet hieß MacTavish IV, wenn man nach der offiziellen terrestrischen Nomenklatur ging, oder Ghryne, wenn man den Namen verwendete, den die Bewohner gebrauchten. Privat hieß er bei mir MacTavis IV, öffentlich nannte ich ihn Ghryne. Ich halte viel davon, den Einheimischen entgegenzukommen.

Durch das vordere Fenster des Büros konnte ich unser großes, buntes 3 D-Plakat an einer Wand sehen: ›Gesucht: außerirdische Wesen!‹ Wir hatten MacTavish IV vor unserer Ankunft einen Monat lang mit unserem Werbematerial überschwemmt. Zum Beispiel:

›Wollen Sie die Erde besuchen – die glitzerndste und exklusivste Welt? Wollen Sie gut verdienen, bei kurzer Arbeitszeit, auf der romantischen Terra die prickelnden Freuden des Showbusiness erleben? Wenn Sie Nicht-Terraner sind, ist im Corrigan-Institut für morphologische Wissenschaft vielleicht ein Platz für Sie frei. Keine Mißgeburten – nur normale Wesen. J. E. Corrigan wird vom Drittag bis Fünfttag im Zehntmonat persönlich auf Ghryne anwesend sein. Sein letzter Besuch im Sternhaufen Caledonia bis zum Jahr 2937, also versäumen Sie Ihre Chance nicht! Auch auf Sie wartet ein Leben voller Wunder und Reichtümer!‹

Solche Breitseiten, in einem halben Tausend Sprachen in Unmengen verbreitet, locken die Leute an. Und das Corrigan-Institut auf der Erde ist von Besuchern stets überlaufen. Warum auch nicht? Es ist das beste seiner Art, der einzig wirklich vernünftige Ort, wo Bewohner der Erde sich die anderen Gattungen im Universum ansehen können.

Der Summer ertönte. Auchinleck sagte salbungsvoll: »Der erste Kandidat wäre bereit, Sir.«

»Schicken Sie ihn oder sie oder es rein.«

Die Tür ging auf, und eine schüchtern wirkende Lebensform näherte sich mir auf nervösen kleinen Beinen. Es war ein kugelförmiges Wesen, etwa so groß wie ein großer Basketball, gelblich-grün, mit zwei spindeldünnen Doppelkniegelenkbeinen und fünf Doppelellbogengelenkarmen, letztere in regelmäßigen Abständen um seinen Körper angebracht. Oben auf dem Kopf hatte es ein lidloses Auge, und fünf mit Lidern ausgestattete über je einem Arm. Dazu einen großen, klaffenden, zahnlosen Mund.

Die Stimme war ein erstaunlich sonorer Baß.

»Sie sind Mr. Corrigan?«

»Richtig.« Ich griff nach einem Datenformular. »Bevor wir anfangen, brauche ich einige Informationen über –«

»Ich bin ein Wesen von Regulus II«, kam die ernsthafte, dröhnende Antwort, bevor ich noch das Formular ergriffen hatte. »Ich brauche keine besondere Pflege und bin nicht auf der Flucht vor den Gesetzen irgendeiner Welt.«

»Ihr Name?«

»Lawrence R. Fitzgerald.«

Ich unterdrückte meinen überraschten Ausruf und verbarg ihn hinter einem Hustenanfall.

»Würden Sie das noch einmal sagen?«

»Gewiß. Ich heiße Lawrence R. Fitzgerald. Das ›R‹ steht für Raymond.«

»Das ist aber doch sicher nicht der Name, mit dem Sie geboren sind.«

Das Wesen schloß die Augen und drehte sich auf der Stelle um 360 Grad. Auf seiner Welt entspricht das einem verlegenen Lächeln.

»Mein Regulus-Name spielt keine Rolle mehr. Ich bin jetzt und werde immerdar bleiben Lawrence R. Fitzgerald. Ich bin nämlich ein Terraphiler.«

Der kleine Regulaner war so gut wie eingestellt. Es ging nur noch um die Formalitäten.

»Unsere Bedingungen sind Ihnen klar, Mr. Fitzgerald?«

»Ich werde in Ihrem Institut auf der Erde ausgestellt. Sie bezahlen meine Dienste, Transport und Auslagen. Ich bin verpflichtet, höchstens ein Drittel jedes terrestrischen Sterntags ausgestellt zu bleiben.«

»Und die Bezahlung beträgt – äh – fünfzig galaktische Dollar die Woche, zuzüglich Beförderungskosten und Spesen.«

Das kugelförmige Wesen klatschte vor Freude in die Hände, drei auf der einen, zwei auf der anderen Seite.

»Wunderbar! Endlich werde ich die Erde sehen! Ich nehme die Bedingungen an!«

Ich verständigte Ludlow mit dem Summer, daß wir dieses Wesen zur Hälfte der üblichen Bezahlung aufnahmen, und Ludlow nahm es mit in das andere Büro, damit es unterschreiben konnte.

Ich grinste zufrieden. In unserer Show brauchten wir einen grünen Regulaner; der letzte hatte vor vier Jahren gekündigt. Aber daß wir ihn brauchten, hieß noch lange nicht, daß wir bei der Einstellung extravagant sein mußten. Ein terraphiles Fremdwesen, das so weit geht, sich einen irdischen Namen zuzulegen, arbeitet auch umsonst oder bezahlt uns sogar etwas dafür, wenn wir es nur auf die Erde mitnehmen. Mein Gewissen läßt es nicht zu, daß ein Wesen ausgebeutet wird, aber ich halte auch nichts davon, das Geld zum Fenster hinauszuwerfen.

Der nächste Bewerber war ein massiges Bärenwesen von Aldebaran IX. Unser Unternehmen hat bereits alle Bärenwesen, die es jetzt oder in den nächsten Jahrzehnten brauchen kann, also schob ich ihn nach wenigen Minuten ab. Danach kam ein rundlicher, blauhäutiger Humanoid von Donovans Planet, eineinviertel Meter hoch und fünfhundert Pfund schwer. Von seiner Sorte hatten wir schon zwei, aber sie wirkten auf die Zuschauer, weil sie so dick und fröhlich waren. Ich gab ihn weiter an Auchinleck, damit er ihn einstellte, falls nicht der Höchstlohn bezahlt werden mußte.

Als nächstes kam eine zerzauste, sirianische Spinne, die mehr Interesse an einem Almosen als an einer Anstellung hatte. Wenn es eine Art gibt, von der wir ein Überangebot haben, dann sind es diese silbernen Spinnen, aber sie versuchte es trotzdem. Nach einer halben Minute war sie draußen, und ein Almosen bekam sie auch nicht. Vom Betteln halte ich nichts.

Der Zustrom der Kandidaten hielt an. Ghryne befindet sich im Mittelpunkt des Caledonia-Sternhaufens, wo sich die interstellaren Wege kreuzen. Wir hatten damit gerechnet, hier eine Menge neuer Ausstellungsobjekte zu finden, und so war es auch.

Es lag am Isolationismus des späten 29. Jahrhunderts, daß ich nach einigen Jahren als ärmlicher Jahrmarktsfierant im System Beteigeuze zum erfolgreichen Besitzer von Corrigans Institut geworden war. 2903 hatte der Weltrat im Zusammenhang mit der Bewegung ›Terra für die Terraner‹ die Erde für außerirdische Wesen gesperrt.

Vorher hatte jedermann die Erde besuchen können. Nachdem das Gatter heruntergerasselt war, konnte ein außerirdisches Lebewesen nur noch als Bestandteil einer wissenschaftlichen

Sammlung auf Sol III gelangen – kurz gesagt, als Schaustück in einem Zoo.

Das ist das Corrigan-Institut für morphologische Wissenschaft im Grunde nämlich. Ein Zoo. Aber wir gehen nicht her und jagen unsere Schaustücke; wir machen Anzeigenwerbung, und sie strömen uns zu. Alle außerirdischen Lebewesen möchten wenigstens einmal im Leben die Erde sehen, und es gibt nur diesen einen Weg.

Wir führen keinen allzu großen Bestand. Bei der letzten Zählung vor dieser Reise hatten wir 690 Exemplare von insgesamt 298 verschiedenen intelligenten Lebensformen. Mein Ziel ist es, mindestens je einen Angehörigen von wenigstens 500 verschiedenen Arten zu bekommen. Wenn ich das geschafft habe, mache ich's mir bequem und lasse die Konkurrenz aufholen – falls ihr das gelingt.

Nach einer Stunde Arbeit hatten wir an diesem Morgen elf neue Exemplare angeworben. Gleichzeitig hatten wir ein Dutzend Bärenwesen, fünfzig von den Reptilbewohnern Ghrynes, sieben Sirius-Spinnen und nicht weniger als neunzehn chloratmende Procyoniten mit Gasmasken abgewiesen.

Es war auch meine traurige Pflicht, einen Weganer abzulehnen, der über einen Agenten auf Ghryne mit uns verhandelte. Ein Weganer wäre eine riesige Attraktion gewesen, bei einer Länge von hundertzwanzig Metern und erschreckendem Aussehen, aber ich sah keine Möglichkeit, einen zu nehmen. Sie sind sanfte und liebe Wesen, aber sie brauchen täglich tonnenweise Frischfleisch, und zwar nicht einfach irgendwelches. Wir mußten auf den Weganer verzichten.

»Noch einen vor der Mittagspause«, sagte ich zu Stebbins, »damit das Dutzend voll ist.«

Er sah mich seltsam an und nickte. Ein Wesen kam herein. Ich schaute mir die Lebensform lange und gründlich an, als sie eintrat, und dann gleich noch einmal. Ich fragte mich, was für ein Ding da gedreht werden sollte. Soviel ich sehen konnte, war das Wesen schlicht und einfach ein Mensch.

Der Mann setzte sich, ohne mich zu fragen, und schlug die Beine übereinander. Er war hochgewachsen und außerordentlich mager, mit hellblauen Augen und schmutzigblondem Haar, und obwohl er sauber und anständig angezogen war, wirkte er schmuddelig. Er fragte auf terranisch: »Ich suche einen Posten bei Ihrem Laden, Corrigan.«

»Das muß ein Irrtum sein. Wir interessieren uns nur für außerirdische Lebewesen.«

»Ich bin ein außerirdisches Lebewesen. Ich heiße Ildwar Gorb und komme vom Planeten Wassenass XIII.«

Mir macht es nichts aus, das Publikum ab und zu hereinzulegen, aber ich streike, wenn man das bei mir versucht.

»Hören Sie, Freund, ich habe zu tun, und für meinen Humor bin ich nicht gerade berühmt. Oder für meine Großzügigkeit.«

»Ich bettle nicht, ich suche Arbeit.«

»Dann versuchen Sie es woanders. Stehlen Sie mir hier nicht die Zeit, Freund. Sie sind genauso auf der Erde geboren wie ich.«

»Ich bin nie näher als auf ein Dutzend Parsec an die Erde herangekommen«, erwiderte er. »Ich bin ein Vertreter der einzigen erdähnlichen Rasse, die es abgesehen von der Erde in der ganzen Galaxis gibt. Wassenass XIII ist ein kleiner und wenig bekannter Planet im Krabben-Nebel. Durch einen evolutionären Zufall ist meine Rasse identisch mit der Ihren. Wollen Sie mich nicht in Ihrem Zirkus haben?«

»Nein. Und es ist kein Zirkus. Es ist –«

»Ein wissenschaftliches Institut. Ich gebe meinen Fehler zu.«

Der lächerliche Schwindler hatte etwas recht Flottes und Anziehendes an sich. Ich erkannte wohl einen verwandten Geist, sonst hätte ich ihn ohne ein weiteres Wort hinausgeworfen. Statt dessen spielte ich mit.

»Wieso sprechen Sie so gut Englisch, wenn Sie von einer so fernen Welt kommen?«

»Ich spreche nicht. Ich bin Telepath – nicht von der Art, die

Gedanken liest; ich sende nur. Ich verständige mich mit Symbolen, die Sie in die Umgangssprache zurückübersetzen können.«

»Sehr schlau, Mr. Gorb.« Ich grinste ihn an und schüttelte den Kopf. »Sie sind ein guter Geschichtenerzähler – aber für mich sind Sie in Wirklichkeit Sam Jones oder Phil Smith von der Erde, sitzen hier fest und haben kein Geld. Sie wollen eine Freifahrt zurück zur Erde. Nicht zu machen. Die Nachfrage nach Wesen von Wassenass XIII ist zur Zeit sehr gering. Um genau zu sein, gleich Null. Leben Sie wohl, Mr. Gorb.«

Er zielte mit dem Finger auf mich und sagte: »Sie machen einen großen Fehler. Ich bin genau das, was Ihr Unternehmen braucht – der Vertreter einer bislang völlig unbekannten, mit der Menschheit in jeder Beziehung identischen Rasse! Da, sehen Sie sich meine Zähne an. Ganz und gar wie menschliche Zähne! Und –«

Ich wich vor seinem aufgeklappten Mund zurück.

»Leben Sie wohl, Mr. Gorb.«

»Ich will nur einen Vertrag, Mr. Corrigan. Das ist nicht viel. Ich bin eine große Attraktion. Ich –«

»Leben Sie wohl, Mr. Gorb!«

Er funkelte mich einen Augenblick vorwurfsvoll an, stand auf und schlenderte zur Tür.

»Ich dachte, Sie wären ein Mann mit Scharfsinn, Corrigan. Überlegen Sie es sich. Vielleicht bedauern Sie Ihre Voreiligkeit. Ich komme wieder, um Ihnen noch einmal eine Chance zu geben.«

Er warf die Tür zu, und ich feixte. Das war bislang der beste Gaunertrick – ein Mensch von der Erde, der sich als außerirdisches Lebewesen ausgab, um einen Job zu bekommen!

Aber ich kaufte ihm das nicht ab, auch wenn ich vom Verstand her seine Raffiniertheit bewunderte. Es gibt kein Wassenass XIII, und in der Galaxis existiert nur eine menschliche Rasse – auf der Erde. Ich brauchte schon einen sehr guten Grund, bevor ich einem kleinen Gauner eine Freifahrt verschaffte.

Ich wußte es noch nicht, aber bevor der Tag zu Ende gehen

sollte, würde ich den Grund haben. Und zusätzlich eine Menge Ärger.

Die ersten Anzeichen ergaben sich nach dem Mittagessen in der Person eines Kalleriers. Der Kallerier war der sechste Bewerber an diesem Nachmittag. Ich hatte drei weitere Bärenwesen abgewiesen, eine Pflanze von Miazan akzeptiert und nein zu einem schuppigen Pseudo-Gürteltier von einer der Delta-Welten gesagt. Das Gürteltier war kaum betrübt hinausgetrabt, als der Kallerier hereinmarschiert kam, ohne auch nur abzuwarten, bis Stebbins ihn offiziell vorließ.

Er war selbst für seine Art groß – um die 2,70 Meter – und wog nicht viel weniger als eine Tonne. Er stellte sich auf seine drei stämmigen Beine, streckte die massiven Arme zum kallerischen Gruß aus und knurrte: »Ich bin Vallo Heraal, Freimann von Kaller IV. Sie werden augenblicklich einen Vertrag mit mir schließen.«

»Setzen Sie sich, Freimann Heraal. Ich treffe meine eigenen Entscheidungen, vielen Dank.«

»Sie werden mir einen Vertrag geben!«

»Wollen Sie sich, bitte, setzen?«

»Ich bleibe stehen«, sagte er trotzig.

»Wie Sie wollen.« An meinem Schreibtisch gibt es ein paar versteckte Einrichtungen, die beim Umgang mit angriffslustigen oder enttäuschten Lebensformen manchmal ganz nützlich sind. Meine Finger schwebten über dem Netzpistolenabzug, für alle Fälle.

Der Kallerier stand regungslos vor mir. Kallerier sind haarige Wesen, und dieser hier hatte ein rauhes, dickes Haarfell, das seinen ganzen Körper bedeckte. Es war blau. Zwei wilde Augen funkelten durch die sonst undurchdringlichen Zotten. Er trug Kilt, Gürtel und Schmucklaserwaffe seiner kriegerischen Rasse.

»Sie müssen sich darüber im klaren sein, Freimann Heraal, daß es nicht unsere Geschäftspolitik ist, in unserem Institut mehr als einige wenige Exemplare jeder Gattung aufzunehmen. Und zur Zeit benötigen wir keine kallerischen Männer, weil –«

»Sie werden mich nehmen, sonst gibt es Ärger!«

Ich wies ihm mit Unterlagen nach, daß wir schon vier Kallerier hatten, und das war mehr als genug.

Die kleinen Augen blitzten aus dem Fell.

»Ja, Sie haben vier Vertreter – vom Klan Verdrokh! Keinen vom Klan Gursdrinn! Seit drei Jahren warte ich auf eine Gelegenheit, diese Beleidigung des edlen Klans Gursdrinn zu rächen!«

Beim Schlüsselwort ›rächen‹ bereitete ich mich darauf vor, den Kallerier mit einem Klebenetz zu überziehen, sobald er nach seiner Waffe griff, aber er regte sich nicht. Er schrie: »Ich habe einen Eid geschworen, Erdenmensch. Bringen Sie mich zur Erde, nehmen Sie einen Gursdrinn auf, oder die Folgen werden entsetzlich sein!«

Ich bin ein Mann von Grundsätzen, wie alle ehrlichen Gauner, und einer der wichtigsten Grundsätze ist für mich, daß ich mich von niemandem überfahren lasse.

»Ich bedaure zutiefst, unabsichtlich Ihren Klan beleidigt zu haben, Freimann Heraal. Nehmen Sie meine Entschuldigung an?«

Er funkelte mich stumm an.

»Bitte, seien Sie versichert, daß ich bei der ersten sich bietenden Gelegenheit die Beleidigung wiedergutmachen werde. Im Augenblick ist es nicht tunlich, einen weiteren Kallerier aufzunehmen, aber sobald sich eine freie Stelle ergibt, werde ich dem Klan Gursdrinn Vorrang –«

»Nein. Sie nehmen mich jetzt.«

»Das geht nicht, Freimann Heraal. Wir haben ein Budget, und an das müssen wir uns halten.«

»Sie werden es bereuen! Ich ergreife drastische Maßnahmen!«

»Mit Drohungen erreichen Sie nichts, Freimann Heraal. Ich gebe Ihnen mein Wort, daß ich mich bei Ihnen melde, sobald unser Unternehmen Platz für einen weiteren Kallerier hat. Und jetzt, bitte – Es warten viele Bewerber –«

Man möchte meinen, es wäre demütigend, ein Schauexemplar

in einem Zoo zu werden, aber die meisten fremden Rassen sehen das als Ehre an. Und die Möglichkeit, daß wir mit der Auswahl eines bestimmten Wesens einer Rasse alle anderen beleidigen, besteht natürlich immer.

Ich berührte den Alarmknopf am Schreibtisch, und Auchinleck und Ludlow erschienen gleichzeitig an den beiden Türen rechts und links. Sie umzingelten den riesigen Kallerier und führten ihn mit freundlichem Zureden hinaus. Er war nicht zu einer Rauferei aufgelegt, sonst hätte er sie mit einem Hieb seiner zottigen Pranke in die nächste Stadt gefeuert, aber er knurrte Beschimpfungen und Drohungen vor sich hin, bis er draußen war.

Ich wischte mir den Schweiß von der Stirn und wollte den Summer für den nächsten Kandidaten drücken. Bevor aber mein Finger den Knopf berührte, wurde die Tür aufgerissen, und ein kleines Wesen huschte herein, gefolgt von dem aufgebrachten Stebbins.

»Komm her da!«

»Stebbins?« sagte ich leise.

»Es tut mir leid, Mr. Corrigan. Ich hab' den da einen Augenblick übersehen, und er rannte einfach hinein –«

»Bitte, bitte«, quietschte das kleine Fremdwesen jämmerlich. »Ich muß Sie sprechen, würdiger Sir!«

»Er ist noch gar nicht dran«, protestierte Stebbins. »Es sind mindestens noch fünfzig Kandidaten vor ihm.«

»Na schön«, sagte ich müde. »Wenn er schon mal da ist, kann ich ja mit ihm reden. Aber passen Sie beim nächstenmal besser auf, Stebbins.«

Stebbins nickte verdrossen und ging hinaus.

Das Wesen bot einen traurigen Anblick: ein Stortulier, ein eichhörnchenartiges Wesen, etwa einen Meter groß. Der Pelz, sonst glänzend schwarz, war stumpf und grau, die Augen waren feucht und traurig. Der Schwanz hing herab. Seine Stimme war kaum mehr als ein schwaches Wimmern, selbst bei voller Lautstärke.

»Bedeutender Sir, ich erflehe untertänigst Ihre allerwürdigste

Verzeihung. Ich bin von Stortul XII und habe meine letzten Besitztümer verkauft, um zu dem elenden Zweck, eine Audienz bei Ihnen zu erhalten, nach Ghryne zu reisen.«

»Ich sage Ihnen lieber gleich, daß wir mit Stortuliern schon voll besetzt sind. Wir haben jetzt ein männliches und ein weibliches Exemplar, und –«

»Das ist mir bekannt. Das weibliche Exemplar – ist der Name vielleicht Tiress?«

Ich schaute auf die Liste, bis ich die Eintragung fand.

»Ja, so heißt sie.«

Das kleine Wesen stieß auf der Stelle einen schrillen Schrei aus.

»Sie ist es! Sie ist es!«

»Es tut mir leid, aber wir haben keinen Platz mehr für –«

»Sie verstehen meine Misere nicht ganz. Tiress ist – war – meine vom Feuer gesandte Gefährtin, mein Trost und meine Wärme, mein Leben und meine Liebe.«

»Komisch«, sagte ich. »Als wir sie vor drei Jahren angeworben haben, sagte sie, sie sei ledig. Das steht hier in den Unterlagen.«

»Sie hat gelogen! Sie verließ meinen Bau, weil sie die Herrlichkeit der Erde sehen wollte. Und ich bin allein, von unseren heiligen Vorschriften gezwungen, nie wieder zu heiraten, in Trauer zu verharren und ihre Rückkehr zu ersehnen. Sie *müssen* mich zur Erde mitnehmen!«

»Aber –«

»Ich muß sie sehen – sie und ihren entwürdigenden Liebhaber. Ich muß sie überzeugen. Erdenmensch, können Sie nicht verstehen, daß ich an ihre innere Flamme appellieren muß? *Ich muß sie zurückbringen*!«

Mein Gesicht war ausdruckslos.

»Sie haben überhaupt nicht vor, bei uns einzutreten – Sie wollen nur eine Freifahrt zur Erde?«

»Ja, ja!« jammerte der Stortulier. »Finden Sie ein anderes Mitglied meiner Rasse, wenn es sein muß! Geben Sie mir meine

Frau zurück, Erdenmensch! Ist Ihr Herz ein toter Steinklumpen?«

Das war nicht der Fall, aber ein weiterer Grundsatz von mir ist, daß ich mich weigere, von Gefühlen beeinflußt zu werden. Die häuslichen Probleme dieses Wesens bedauerte ich, aber ich dachte nicht daran, eine gute Nummer zu zerreißen, nur damit ein Eichhörnchenwesen glücklich wurde – ganz zu schweigen von den Flugkosten.

»Ich wüßte nicht, wie wir das machen könnten. Die Gesetze darüber, daß außerirdisches Leben auf die Erde gebracht wird, sind sehr streng. Nur wissenschaftliche Zwecke sind zugelassen. Und wenn ich schon vorher weiß, daß Ihr Kommen nichts mit Wissenschaft zu tun hat, kann ich doch nicht guten Gewissens für Sie lügen, oder?«

»Nun –«

»Natürlich nicht«, fuhr ich fort. »Wenn Sie einfach hereingekommen wären und mich gebeten hätten, Sie zu nehmen, hätte ich das vielleicht getan. Aber nein – Sie müssen mir Ihr Herz ausschütten!«

»Ich dachte, die Wahrheit würde Sie rühren.«

»Das hat sie getan. Aber jetzt verlangen Sie praktisch von mir, daß ich mich mit Ihnen auf eine kriminelle Handlung einlasse. Das geht nicht, mein Freund. Mein Ruf bedeutet mir zuviel«, sagte ich fromm.

»Dann weisen Sie mich also ab?«

»Mein Herz zerschmilzt für Sie, aber ich kann Sie nicht zur Erde mitnehmen.«

»Vielleicht schicken Sie mir meine Frau zurück?«

In jedem Vertrag steht eine Klausel, die mir erlaubt, ein unerwünschtes Exemplar abzuschieben. Ich brauche nur zu erklären, es sei nicht mehr von wissenschaftlichem Interesse, und die Weltregierung deportiert das unerwünschte Fremdwesen auf seine Heimatwelt. Aber unserer Stortulierin gedachte ich einen solchen Streich nicht zu spielen.

»Ich frage sie, ob sie heim möchte, aber gegen ihren Willen

schicke ich sie nicht zurück. Vielleicht ist sie dort glücklicher, wo sie jetzt ist.«

Der Stortulier schien zusammenzufallen. Seine Lider schlossen sich halb, um seine Tränen zu verbergen. Er drehte sich um und schlurfte langsam zur Tür. Mit dumpfer Stimme sagte er: »Dann gibt es keine Hoffnung mehr. Alles ist verloren. Ich werde meine Seelengefährtin nie wiedersehen. Guten Tag, Erdenmensch.«

Er sprach mit einer tonlosen Monotonie, die mich fast, aber nicht ganz, zum Weinen brachte. Ich sah ihm nach, wie er hinausschlurfte. Ein Gewissen habe ich schließlich auch, und ich wurde das unangenehme Gefühl nicht los, daß ich gerade mit einem Wesen gesprochen hatte, das meinetwegen im Begriff stand, Selbstmord zu begehen.

An die fünfzig Kandidaten wurden ohne Zwischenfall abgefertigt, dann wurde es wieder kompliziert.

Neun von den fünfzig waren brauchbar, die anderen aus dem einen oder anderen Grund nicht, und sie nahmen die Ablehnung ganz ruhig auf. Bis jetzt hatten wir fast zwei Dutzend neue Lebensformen unter Vertrag genommen.

Ich war eben dabei, die Zwischenfälle mit dem Kallerier und dem Stortulier zu vergessen, als die Tür aufging und der Mensch, der sich Ildwar Gorb von Wassenass XIII nannte, hereinkam.

»Wie sind *Sie* denn reingekommen?« fragte ich scharf.

»Ihr Mitarbeiter schaute zufällig in die falsche Richtung«, meinte er heiter. »Haben Sie es sich anders überlegt?«

»Verschwinden Sie, bevor ich Sie hinauswerfen lasse.«

Gorb zuckte die Achseln.

»Ich habe mir das fast schon gedacht und meine Geschichte deshalb etwas abgeändert. Wenn Sie nicht glauben wollen, daß ich von Wassenass XIII bin – wie wär's, wenn ich Ihnen sage, daß ich tatsächlich von der Erde bin und einen Posten als Mitarbeiter bei Ihnen suche?«

»Was für eine Geschichte Sie auftischen, ist mir egal! Verschwinden Sie, oder –«

»– Sie lassen mich hinauswerfen. Okay, okay. Nur eine halbe

Minute. Corrigan, Sie sind kein Trottel, und ich bin auch keiner – aber Ihr Mann da draußen ist einer. Er kann mit fremden Menschen nicht umgehen. Wie oft ist heute schon ein außerirdisches Lebewesen unangemeldet hereingekommen?«

Ich starrte ihn finster an.

»Auf jeden Fall zu viele.«

»Sehen Sie? Er taugt nichts. Wie wär's, wenn Sie ihn hinauswerfen und dafür mich nehmen? Ich habe mein halbes Leben auf fremden Welten verbracht; ich weiß über fremde Wesen alles, was man wissen kann. Sie könnten mich gut gebrauchen, Corrigan.«

Ich atmete tief ein und schaute eine Weile an die Decke, bevor ich antwortete.

»Hören Sie, Gorb oder wie Sie auch heißen, ich habe einen schweren Tag hinter mir. Ein Kallerier war hier, der mir praktisch mit Mord gedroht hat, ein Stortulier wollte meinetwegen Selbstmord begehen. Ich habe ein Gewissen, und es bedrückt mich. Aber passen Sie auf: Ich möchte meinen Werbefeldzug abschließen, zusammenpacken und heim zur Erde fliegen. Ich möchte nicht, daß Sie hier herumlungern und mich belästigen. Ich brauche keine Mitarbeiter, und wenn Sie wieder damit anfangen, daß Sie ein unbekanntes Wesen von Wassenass XIII sind, lautet die Antwort, daß ich davon auch keines brauche. Hauen Sie jetzt endlich ab, oder –«

In diesem Augenblick wurde die Tür aufgerissen, und Heraal, der Kallerier, stürmte herein. Er war von Kopf bis Fuß in schimmernde Metallfolie gekleidet, und statt seines Schmucklasers trug er ein Schwert von Mannslänge. Stebbins und Auchinleck hingen verzweifelt an seinem Gürtel und wurden einfach mitgeschleppt.

»Tut mir leid, Chef«, keuchte Stebbins. »Ich habe versucht, ihn zurückzuhalten, aber –«

Heraal, der sich vor meinem Schreibtisch aufgepflanzt hatte, übertönte ihn mit seinem Gebrüll.

»Erdenmensch, du hast den Klan Gursdrinn tödlich beleidigt!«

Die Hände am Netzpistolenabzug, war ich bereit, ihn beim ersten Anzeichen von Gewalttätigkeit kampfunfähig zu machen.

»Du bist verantwortlich für das, was jetzt geschehen wird«, dröhnte Heraal. »Ich habe die Behörden unterrichtet, und du wirst wegen dem Tod eines Lebewesens verfolgt werden! Leide, erdgeborener Affe! Leide!«

»Vorsicht, Chef«, schrie Stebbins. »Er wird –«

Einen Augenblick bevor meine gefühllosen Finger den Abzug betätigen konnten, schwang Heraal das Riesenschwert durch die Luft und stieß es sich mit voller Wucht in den eigenen Leib. Er kippte vornüber auf den Teppich, und das Schwert ragte gut einen halben Meter aus seinem Rücken. Unter ihm rann bläulichrotes Blut hervor.

Bevor ich auf das Harakiri des Riesen reagieren konnte, wurde die Tür wieder aufgerissen, und drei glatte Reptilwesen kamen herein, mit den grünen Schärpen der hiesigen Polizei. Ihre goldenen Augen glotzten die Gestalt am Boden an und richteten sich dann auf mich.

»Sie sind J. F. Corrigan?« fragte der Anführer.

»J-ja.«

»Wir haben Mitteilung von einer Anzeige gegen Sie erhalten. In der Anzeige –«

»– wird betont, daß Ihre unethischen Handlungen unmittelbar zum vorzeitigen Tod einer intelligenten Lebensform beigetragen haben«, ergänzte der zweite ghrynische Polizeibeamte.

»Der Beweis liegt uns in der Leiche des bedauernswerten Kalleriers vor, der die Anzeige vor wenigen Minuten bei uns erstattet hat«, sagte der Anführer.

»Und deshalb«, erklärte das dritte Reptil, »ist es unsere Pflicht, Sie für dieses Verbrechen festzunehmen und Sie mit einer Geldstrafe von nicht weniger als hunderttausend galaktischen Dollar oder zwei Jahren Gefängnis zu belegen.«

»Halt!« schrie ich. »Sie meinen, irgendein beliebiges Wesen

aus der Galaxis kann hier hereinkommen und sich auf meinem Teppich den Bauch aufschneiden, und *ich* bin dafür verantwortlich?«

»So sieht es das Gesetz vor. Bestreiten Sie, daß Ihre störrische Weigerung, der Bitte dieser verstorbenen Lebensform zu entsprechen, seinem betrüblichen Abgang zugrunde liegt?«

»Hm, das nicht, aber –«

»Wer etwas nicht bestreiten kann, bekennt sich schuldig. Sie sind schuldig, Erdenmensch.«

Ich schloß erschöpft die Augen und wünschte mir, den ganzen schnatternden Haufen weghexen zu können. Notfalls konnte ich die Hunderttausend berappen, aber damit wäre ein ganz beträchtlicher Gewinnrückgang zu verzeichnen gewesen. Und ich schauderte, wenn ich daran dachte, daß jeden Augenblick der ausgemergelte kleine Stortulier hereinplatzen mochte, um sich ebenfalls zu entleiben. Kostete es hunderttausend Dollar Strafe pro Selbstmord? Wenn das so weiterging, war ich möglicherweise bankrott, bevor es dunkel wurde.

Weitere morbide Gedanken dieser Art blieben mir erspart – durch einen neuerlichen unerwarteten Auftritt.

Die kleine Gestalt des Stortuliers trabte durch die offene Tür und stellte sich in der Nähe der Schwelle auf. Die drei ghrynischen Polizisten und meine drei Mitarbeiter vergaßen für den Augenblick den toten Kallerier und richteten die Blicke auf den Neuankömmling.

Ich hatte Visionen von endlosen Schwierigkeiten mit dem Gesetz hier auf Ghryne. Ich beschloß, hier nie wieder jemanden anzuwerben – oder wenn doch, mich gegen Verrückte künftig besser abzusichern.

In herzzerreißendem Tonfall erklärte der Stortulier: »Das Leben ist nicht mehr lebenswert. Meine letzte Hoffnung ist dahin. Es bleibt mir nur noch eines übrig.«

Ich zitterte bei dem Gedanken, daß noch einmal hunderttausend Kröten davonschwimmen könnten.

»Haltet ihn auf! Er bringt sich um! Er –«

Dann hetzte jemand auf mich zu, stieß mit mir zusammen und schleuderte mich von meinem Schreibtisch weg, bevor ich den Netzpistolenabzug betätigen konnte. Mein Kopf prallte auf den Boden, und fünf oder sechs Sekunden lang nahm ich nicht mehr voll wahr, was sich abspielte.

Langsam lichtete sich der Nebel. In der Wand hinter meinem Schreibtisch gähnte ein riesiges Loch; auf dem Boden lag eine rauchende Laserwaffe, und ich sah die drei ghrynischen Polizisten auf dem tobenden Stortulier sitzen. Der Mann, der sich Ildwar Gorb nannte, stand auf und wischte sich ab.

Er half mir auf die Beine.

»Entschuldigen Sie, daß ich Sie so anspringen mußte, Corrigan, aber der Stortulier war nicht hier, um Selbstmord zu begehen, wissen Sie. Er wollte Sie umbringen.«

Ich wankte zu meinem Schreibtisch und ließ mich in den Sessel fallen. Ein kleiner Splitter von der Wand hatte die Luft aus den Pneumopolstern entweichen lassen. Das ganze Zimmer stank nach verbranntem Putz. Die Polizei wickelte den kleinen Stortulier, der sich immer noch wehrte, fest in ein Klebenetz.

»Offenbar wissen Sie von der stortulischen Psyche doch nicht so viel, wie Sie glauben, Corrigan«, sagte Gorb beiläufig. »Sie verabscheuen den Selbstmord total. Wenn sie Probleme haben, bringen sie denjenigen um, der das Problem verursacht hat. In diesem Fall waren Sie das.«

Ich begann zu lachen – eher ein Kichern der nachlassenden Anspannung als ein echtes, volles Lachen.

»Komisch«, sagte ich.

»Was denn?« fragte der selbsternannte Wassenasse.

»Diese Wesen. Der riesige, gefährliche Heraal stürzt herein, Mord in den Augen, und bringt sich selbst um; der kleine Stortulier dagegen, der so hilflos und rührend aussieht, schießt mir beinahe den Schädel weg.« Ich fröstelte. »Danke für den Hechtsprung.«

»Keine Ursache«, sagte Gorb.

Ich funkelte die Polizei an.

»Na? Worauf warten Sie noch? Schaffen Sie den kleinen Killer weg! Oder verstößt Mord hier nicht gegen die guten Sitten?«

»Der Stortulier wird seine Strafe erhalten«, erwiderte der Anführer der ghrynischen Polizisten ruhig. »Aber da ist die Sache mit dem toten Kallerier und der Geldstrafe von –«

»– einhunderttausend Dollar, ich weiß.« Ich stöhnte und sagte zu Stebbins: »Rufen Sie das terranische Konsulat an, Stebbins. Man soll einen Rechtsberater herschicken. Stellen Sie fest, ob es einen Weg gibt, mit heiler Haut aus diesem Schlamassel herauszukommen.«

»Jawohl, Chef.« Stebbins ging zum Videofon.

Gorb trat vor und hielt ihn zurück.

»Halt«, sagte der Wassenasse. »Das Konsulat kann Ihnen nicht helfen. Aber ich.«

»Sie?« sagte ich.

»Ich kann Sie billig loseisen.«

»Wie billig?«

Gorb grinste.

»Fünftausend in bar und einen Vertrag als Exemplar für Ihr Unternehmen. Im voraus, versteht sich. Das ist doch weitaus besser als Hunderttausend hinzublättern, oder?«

Ich sah Gorb unsicher an. Die Leute vom terranischen Konsulat würden vermutlich keine große Hilfe sein; sie versuchten sich aus lokalen Streitigkeiten herauszuhalten, sofern es sich nicht um wirklich ernste Dinge handelte, und ich wußte aus Erfahrung, daß sich noch keine Amtsperson große Gedanken über meine Brieftasche gemacht hatte. Andererseits mochte es aber auch riskant sein, diesem raffinierten Burschen einen Vertrag zu geben.

»Passen Sie auf«, sagte ich schließlich. »Abgemacht – aber nur auf Erfolgsbasis. Helfen Sie mir da heraus, und Sie bekommen die Fünftausend und den Vertrag. Sonst gibt es gar nichts.«

»Was habe ich zu verlieren?« meinte Gorb achselzuckend.

Bevor die Polizei eingreifen konnte, ging Gorb zu der Riesenleiche und gab ihr einen kräftigen Tritt.

»Aufwachen, Sie Schwindler! Spielen Sie hier nicht den Toten und stehen Sie auf! Sie täuschen hier keinen!«

Die Ghrynier erhoben sich von dem kleinen Attentäter und wollten Gorb zurückhalten.

»Sie verzeihen, aber die Toten haben Anspruch auf Achtung«, meinte eines der Reptile sanft.

Gorb fuhr wütend herum.

»Die Toten, ja – aber der Kerl da ist nicht tot.« Er kniete nieder und schrie dem Kallerier in sein tellergroßes Ohr: »Sie können ruhig aufhören, Heraal. Hören Sie zu, Sie schauspielernder Fleischberg – *Ihre Mutter häkelt für den Klan Verdrokh Deckchen!*«

Der angeblich tote Kallerier gab einen Dröhnlaut von sich, daß der Boden erzitterte, raffte sich auf, zog das Schwert aus seinem Leib und schwang es. Gorb sprang gewandt zurück, hob blitzschnell den Laser des Stortuliers auf und richtete die Waffe auf die Kehle des Riesen, bevor dieser Schaden anrichten konnte. Der Kallerier brummte und ließ das Schwert sinken.

Ich war groggy. Ich hatte geglaubt, ich wüßte eine Menge über außerirdische Lebewesen, aber heute hatte ich einiges hinzugelernt.

»Ich versteh' das nicht. Wie –«

Die Polizei war blau vor Beschämung.

»Wir bitten tausendmal um Vergebung, Erdenmensch. Es scheint sich um einen Irrtum zu handeln.«

»Es scheint sich um ein kleines Gaunerstückchen zu handeln«, meinte Gorb ruhig.

Ich faßte mich.

»Mir hunderttausend Dollar abnehmen zu wollen, wenn gar kein Verbrechen vorliegt?« knurrte ich. »Das möchte ich allerdings einen Irrtum nennen! Wenn ich nicht ein nachsichtiger Mensch wäre, würde ich euch alle ins Gefängnis bringen, weil ihr versucht habt, einen Erdenbewohner zu betrügen! Raus hier! Und nehmt diesen sogenannten Mörder mit!«

Sie verschwanden, und zwar schnell, unter Bücklingen und Ausreden. Sie hatten versucht, einen Erdenbewohner hereinzulegen, und das war ein gefährliches Spiel. Sie schleppten den eingesponnenen Stortulier mit. Die Luft schien reiner zu werden, und der Friede kehrte wieder ein. Ich gab Auchinleck ein Zeichen, und er knallte die Tür zu.

»Also.« Ich sah Gorb an und deutete mit dem Daumen auf den Kallerier. »Hübscher Trick. Wie geht das?«

Gorb lächelte freundlich. Das Ganze machte ihm Spaß, das sah man.

»Die Kallerier vom Klan Gursdrinn sind auf eine besondere Art von geistiger Disziplin spezialisiert, Corrigan. In diesem Bereich der Galaxis ist das nicht so gut bekannt, aber die Männer dieses Klans verfügen über eine ganz ungewöhnliche geistige Beherrschung ihrer Körper. Sie können den Kreislauf und die Reaktion des Nervensystems in großen Bereichen des Körpers stundenlang unterbrechen – eine absolut perfekte Imitation des Todes. Und als Heraal sich das Schwert in den Leib stieß, achtete er natürlich darauf, keine lebenswichtigen Organe zu treffen.«

Der Kallerier, noch immer von der Waffe bedroht, ließ beschämt den Kopf hängen. Ich starrte ihn an.

»So – Sie wollten mich also hereinlegen? Sie haben den vorgetäuschten Selbstmord zusammen mit den Polizisten arrangiert.«

Er sah recht merkwürdig aus, mit dem klaffenden Loch in seinem Körper. Aber die Wunde begann schon zu heilen.

»Ich bedaure das Vorkommnis, Erdenmensch. Ich bin zermalmt. Seien Sie so freundlich, und vernichten Sie diese meine unwürdige Person.«

Der Gedanke war verlockend, aber mir kam eine andere Idee.

»Nein, ich vernichte Sie nicht. Sagen Sie – wie oft können Sie denn das?«

»Das Gewebe regeneriert sich in wenigen Stunden.«

»Hätten Sie etwas dagegen, sich täglich einmal umzubringen, und sonntags zweimal, Heraal?«

Heraal sah mich zweifelnd an.

»Nun ja, vielleicht zur Ehre meines Klans –«

»Chef, Sie meinen –«, sagte Stebbins.

»Ruhe. Heraal, Sie sind eingestellt – 75 Dollar die Woche und Spesen. Stebbins, ein Vertragsformular – und tippen Sie eine Klausel, daß Heraal seinen Selbstmordtrick mindestens fünfmal und nicht öfter als achtmal in der Woche vorzuführen hat.«

Ich war sehr zufrieden. Es gibt nichts Angenehmeres, als einen Schwindel in einen Knüller zu verwandeln.

»Vergessen Sie nicht etwas, Corrigan?« fragte Ildwar Gorb mit drohender Stimme. »Wir hatten eine kleine Vereinbarung, nicht wahr?«

»Oh. Ja.« Ich befeuchtete die Lippen und schaute mich verstohlen im Büro um. Es hatte zuviele Zeugen gegeben. Ich konnte nicht zurück. Es blieb mir nichts anderes übrig, als einen Scheck über fünftausend Dollar auszustellen und Gorb den üblichen Vertrag zu geben. Es sei denn . . .

»Augenblick mal«, sagte ich. »Wenn Sie als außerirdisches Exemplar die Erde betreten wollen, brauchen Sie Beweise für fremden Ursprung.«

Er grinste und zog ein Bündel Dokumente heraus.

»Bitte sehr. Alles gestempelt und in Ordnung – und jeder, der die Papiere als gefälschte hinstellen will, muß erst mal Wassenass XIII finden!«

Wir unterschrieben und legten die Verträge zu den Akten. Erst dann fiel mir ein, daß die Ereignisse der vergangenen Stunde noch komplizierter gewesen sein mochten, als sie aussahen. Angenommen, Gorb hatte mit Heraal zusammengearbeitet, den vorgetäuschten Selbstmord inszeniert und auch die Polizei gerufen – mit Verträgen für Heraal und ihn selbst als Preis für meine Rettung?

Es konnte durchaus so gewesen sein. Und wenn es so war, dann hieß das, daß ich so elegant hereingelegt worden war wie nur irgendein Dorftrottel, den ich selbst mal über den Löffel balbiert hatte.

Ich ließ mir nichts anmerken, aber innerlich kochte ich vor Zorn. Gorb, oder wie der Kerl in Wirklichkeit hieß, würde feststellen, daß er den Vertrag buchstabengetreu zu erfüllen hatte!

Wir verließen Ghryne am Ende der Woche, nachdem wir über elfhundert fremde Lebensformen geprüft und zweiundfünfzig akzeptiert hatten. Damit umfaßte das Inventar unseres Zoos – Verzeihung, Instituts – volle 724 Exemplare von 326 Lebensformen.

Ildwar Gorb, der Wassenasse – der einräumte, daß er in Wirklichkeit Mike Higgins hieß und aus St. Louis stammte –, erwies sich auf dem Heimweg als unentbehrliche Stütze. Es stellte sich heraus, daß er wirklich alles wußte, was es über außerirdische Lebewesen zu wissen gab.

Als er dahinterkam, daß ich den hundertzwanzig Meter langen Weganer wegen der hohen Unterhaltskosten zurückgewiesen hatte, stürmte Gorb-Higgins zum Agenten des Weganers und schloß ein Geschäft ab, wonach wir ein befruchtetes Weganer-Ovum erwarben, das keine dreißig Gramm wog. Das zu transportieren war wesentlich billiger, als einen ausgewachsenen Weganer mitzuschleppen. Außerdem versicherte er mir, man könne das kindliche Wesen ohne Schwierigkeiten an Pflanzenkost gewöhnen.

Während der sechswöchigen Reise in unserem Spezialschiff zurück zur Erde erleichterte er mir das Leben erheblich. Bei zweiundfünfzig fremden Lebewesen an Bord ergaben sich alle möglichen Ernährungsprobleme, ganz zu schweigen von dem Ärger mit den Ansprüchen auf bevorzugte Unterbringung und dergleichen. Der Kallerier weigerte sich rundweg, anderswo als auf der linken Seite des Schiffes Quartier zu beziehen – nur als Beispiel –, aber das war die für die Wesen mit niedriger Schwerkraft reservierte Seite, und dort gab es keinen Platz mehr für ihn.

»Wir fliegen bis zur Erde durch den Hyperraum«, versicherte

Gorb-Higgins dem störrischen Kallerier. »Unsere kosmostatische Polarität ist umgekehrt, verstehen Sie.«

»Hä?« sagte Heraal verwirrt.

»Die kosmostatische Polarität. Wenn Sie auf der linken Seite eine Koje beziehen, fliegen Sie den ganzen Weg auf der rechten!«

»Oh«, sagte der Kallerier. »Das habe ich nicht gewußt. Vielen Dank für die Erklärung.«

Er nahm dankbar die Kabine, die wir ihm zugeteilt hatten.

Higgins kam mit den Wesen wirklich gut zurecht, das mußte man ihm lassen. Wir sahen dagegen wie die reinen Amateure aus, und dabei war ich schon fünfzehn Jahre im Geschäft.

Higgins brachte es fertig, immer zur Stelle zu sein, wenn es Ärger gab. Ein empfindlicher Norvennith zettelte wegen einer angeblichen moralischen Ungehörigkeit mit einem Vanoianer-Paar einen Streit an; Norvennithi können manchmal ausgesprochen prüde sein. Gorb überzeugte das empörte Wesen jedoch davon, daß es völlig anständig war, was die Vanoianer im Waschraum trieben. Es stimmte auch, aber ich wäre nie auf die Idee mit diesem Vergleich gekommen.

Ich könnte noch ein halbes Dutzend Zwischenfälle aufführen, bei denen Gorbs Spezialwissen über außerirdische Lebewesen uns vor unangenehmen Zwistigkeiten bewahrte. Es war das erstemal, daß ich im Unternehmen jemanden mit Grips beschäftigte, und ich begann mir Sorgen zu machen.

Als ich in den frühen zwanziger Jahren des dreißigsten Jahrhunderts das Institut eröffnete, geschah das mit meinem eigenen Kapital, zusammengekratzt auf Beteigeuze IX, wo ich eine komparative Biologie-Schau betrieben hatte. Und ich achtete darauf, tüchtige, aber unauffällige Leute anzustellen – Leute wie Stebbins, Auchinleck und Ludlow.

Aber jetzt nährte ich eine Schlange am Busen, in der Person dieses Ildwar Gorb-Mike Higgins. Er konnte ohne fremde Hilfe denken. Er wußte, was eine gute Masche war. Wir waren von derselben Art, Higgins und ich. Ich bezweifelte, ob es in diesem Geschäft Platz für uns beide gab.

Ich ließ ihn kommen, kurz bevor wir die Erde erreichten, und gab ihm ein paar Gläser Kognak, bevor ich zur Sache kam.

»Mike, ich habe verfolgt, wie Sie mit den Schaustücken umgegangen sind.«

»Mit den *anderen* Schaustücken«, sagte er. »Ich gehöre dazu, ich bin kein Mitarbeiter.«

»Ihr Wassenassentum ist doch nur eine Fiktion, damit Sie durchs Einwanderungsbüro kommen, Mike. Aber ich habe einen Vorschlag für Sie.«

»Schlagen Sie vor.«

»Ich werde ein bißchen zu alt für diese weiten Reisen«, sagte ich. »Bis jetzt habe ich die Anwerbung selbst gemacht, aber nur deshalb, weil ich die Arbeit keinem anderen anvertrauen konnte. Ich glaube aber, daß Sie es schaffen könnten.« Ich drückte meine Zigarette aus und zündete mir die nächste an. »Passen Sie auf, Mike – ich zerreiße Ihren Vertrag als Schauexemplar und gebe Ihnen einen anderen als Mitarbeiter, der Ihnen doppelt soviel einbringt. Ihre Aufgabe wird es sein, die Planeten zu besuchen und neue Exemplare für uns zu besorgen. Wie wär's damit?«

Ich hatte den neuen Vertrag schon vorbereitet. Ich schob ihn über den Schreibtisch, aber er legte seine Hand auf meine und sagte freundlich lächelnd: »Nicht zu machen.«

»Nein? Nicht einmal für das doppelte Gehalt?«

»Ich bin schon genug herumgekommen«, meinte er. »Bieten Sie mir nicht mehr Geld an. Ich möchte mich auf der Erde niederlassen, Jim. Das Geld bedeutet mir nichts. Ehrlich.«

Es war sehr rührend und sehr falsch, aber ich konnte nichts tun. Auf diese Weise wurde ich ihn also nicht los. Ich mußte ihn zur Erde bringen.

Die Beamten der Einwanderungsbehörde machten Schwierigkeiten wegen seiner Papiere, aber er hatte alles so geschickt gefälscht, daß man seine Behauptung, er stamme von Wassenass XIII, nicht widerlegen konnte. In unserem Gebäude bekam er einen strategisch bedeutsamen Raum.

Heraal, der Kallerier, ist jetzt eine unserer größten Attraktionen. Jeden Tag um vierzehn Uhr begeht er rituellen Selbstmord und erhebt sich bald danach unter Fanfarenklängen wieder vom Totenbett. Die vier anderen Kallerier, die wir schon hatten, sind furchtbar eifersüchtig, weil er solche Menschenmassen anlockt, aber nachmachen können sie das einfach nicht.

Die unbestrittene Hauptattraktion ist aber unser Hochstapler Mike Higgins. Er wird als die einzige absolut menschliche Lebensform von einem außerirdischen Planeten herausgestellt, und wenn auch hier und dort Skepsis zu verzeichnen ist, hat sie das Geschäft nur belebt.

Komisch, daß ein von zu Hause stammender Erdenmensch die meisten Leute in einem solchen Zoo anlockt, aber so geht es eben im Showbusiness.

Zwei Wochen nach unserer Rückkehr erweiterte Mike seine Nummer noch. Er tauchte mit einer blonden Tänzerin namens Marie auf, und jetzt haben wir auch eine Frau von Wassenass. Mike macht es so mehr Spaß. Und raffiniert ist er auch.

Er ist überhaupt zu raffiniert. Wie gesagt, ich schätze einen guten Schwindler, so, wie manche Leute guten Wein zu schätzen wissen. Aber ich hätte Ildwar Gorb lieber auf Ghryne gelassen, statt ihn bei uns aufzunehmen.

Gestern kam er in mein Büro, nachdem wir für diesen Tag geschlossen hatten, mit dem freundlichen Lächeln, das er immer zeigt, wenn er was im Schilde führt.

Er ließ sich etwas zu trinken geben, wie üblich, und dann sagte er: »Jim, ich habe gestern mit Lawrence R. Fitzgerald gesprochen.«

»Mit dem kleinen Regulaner? Dem grünen Basketball?«

»Mit dem, ja. Er sagt mir, daß er in der Woche nur fünfzig Dollar bekommt. Und viele von den anderen werden auch recht schlecht bezahlt.«

Mein Magen krampfte sich warnend zusammen.

»Mike, wenn Sie Gehaltserhöhung wollen, ich habe Ihnen schon oft genug erklärt, daß Sie mir das wert sind. Wie wär's mit zwanzig mehr die Woche?«

Er hob die Hand.

»Ich bin nicht auf eine Erhöhung für mich aus, Jim.«

»Was dann?«

Er lächelte strahlend.

»Die anderen und ich haben gestern eine kleine Versammlung abgehalten, und wir haben eine – äh – Gewerkschaft gegründet, die ich leite. Ich möchte über eine allgemeine Gehaltserhöhung für alle Exemplare sprechen.«

»Higgins, Sie Erpresser, wie kann ich –«

»Ganz einfach«, sagte er. »Sie halten doch nichts davon, ein paar Wochen ohne jeden Umsatz zu sein?«

»Soll das heißen, daß Sie einen Streik ausrufen?«

»Wenn Sie mir keine andere Wahl lassen«, sagte er achselzuckend. »Wie soll ich die Interessen meiner Gewerkschaftsmitglieder sonst wahren?«

Nach halbstündigem Handeln zwang er mich zu einer Lohnerhöhung für die ganze Belegschaft, mit einem deutlichen Hinweis auf künftige Steigerungen. Er ließ mich beiläufig auch wissen, was er dafür verlangt, wenn er das Ganze abbläst. Er möchte als Partner beteiligt werden und einen Anteil am Umsatz.

Wenn er das bekommt, ist er Mitglied der Geschäftsleitung und muß als Gewerkschaftsführer zurücktreten.

Aber ich habe ihn dann fest im Unternehmen sitzen, und sobald er den Fuß in die Tür geschoben hat, wird er nicht zufrieden sein, bis er ganz oben sitzt – das heißt, bis ich ausgeschieden bin.

Noch bin ich nicht erledigt! Nicht nach einem Leben voller Tricks und Schwindeleien! Ich habe mir alles immer wieder durch den Kopf gehen lassen, und auf eines kann man sich grundsätzlich verlassen – ein Gauner legt sich am Ende selbst herein, wenn man ihm die Gelegenheit dazu gibt. Mir war es bei Higgins so ergangen, und nun geht es ihm so bei mir.

In einer halben Stunde kommt er wieder her, um zu hören, ob er die Teilhaberschaft bekommt oder nicht. Er wird die Antwort bekommen, die ihm zusteht. Ich werde, wie in der Sonderklausel seines Standardvertrags vorgesehen, erklären, daß er nicht mehr von wissenschaftlichem Interesse ist, dann holen ihn die FBI-Leute ab und deportieren ihn auf seine Heimatwelt.

Danach hat er zwei gleichermaßen unerfreuliche Möglichkeiten zur Wahl.

Seine gefälschten Dokumente waren so gut, daß er als legitimes außerirdisches Lebewesen auf die Erde durfte. Wie ihn die Weltpolizei zurückschafft, ist ihre Sache – und die seine.

Wenn er dagegen zugibt, daß die Papiere gefälscht waren, kommt er erst dann wieder aus dem Gefängnis, wenn es vor Altersschwäche zusammenbricht.

Ich gebe ihm also eine dritte Wahl: Er kann ein undatiertes Geständnis unterschreiben, das ich als Garantie gegen künftige Tricks in meinem Safe aufbewahre.

Ich rechne nämlich nicht damit, daß ich hier ewig sitze, obwohl es mit dem kleinen Geheimnis, das ich auf Rimbaud II entdeckt habe, ziemlich lange dauern wird, auch wenn es nicht zu Unfällen kommt, und ich habe mir überlegt, wem ich das Corrigan-Institut für morphologische Wissenschaft hinterlassen könnte. Higgins wäre ein guter Nachfolger.

Ach, noch etwas muß er unterschreiben. Es bleibt das Corrigan-Institut, solange es besteht.

Mich hereinlegen? Denkste!

Mutter ist die Beste!

Da ich von frühester Kindheit an auf den Beruf des Historikers vorbereitet wurde, und weil nun feststeht, daß ich diesen Beruf nie als meinen eigenen werde beanspruchen können, erscheint es angemessen, daß ich meine erste und letzte Tat als Historiker ausführe.

Ich schreibe die Geschichte jener seltsamen und einzigartigen Frau, der Mutter meiner dreißig Brüder und von mir, Miss Donna Mitchell.

Sie war eine Person von außergewöhnlicher Kraft und Weitsicht, unsere Mutter. Ich erinnere mich lebhaft an sie, sehe sie mit allen ihren Söhnen um sie versammelt in unserem abgelegenen Farmerhaus in Wisconsin, in der ersten Sommernacht, nachdem wir aus allen Teilen des Landes zu den Sommerferien zurückgekommen waren. Einunddreißig stramme Söhne, jeder von uns einsfünfundachtzig groß, mit gelbem, störrischem Haarschopf und scharfen, blauen Augen, jeder von uns gesund, kräftig, wohlgenährt, jeder von uns einundzwanzig Jahre und vierzehn Tage alt – einunddreißig identische Brüder.

Oh, es gab Unterschiede zwischen uns, aber nur wir und Mutter konnten sie wahrnehmen. Für Außenstehende waren wir identisch; deshalb achteten wir bei Außenstehenden darauf, nie als Gruppe aufzutreten. Wir selbst kannten die Unterschiede, denn wir hatten so lange mit ihnen gelebt.

Ich kannte das Muttermal meines Bruders Leonard – an der rechten Wange, zur Unterscheidung von Jonas, der es auf der linken trug. Ich kannte die geringe Schiefneigung von Peters Kinn, die ein wenig zu scharfe Nase Deweys, die rötliche Färbung von Donalds Haut. Ich erkannte Paul an seinen nicht angewachsenen Ohrläppchen, Charles am leichten Schielen, Noel an der schmalen Unterlippe. David hatte bläuliche Bartschatten, Mark geblähte Nasenflügel, Claude buschige Brauen.

Ja, es gab Unterschiede. Wir verwechselten einander selten. Es war mir zur zweiten Natur geworden, Edward von Albert zu unterscheiden, George von Philip, Frederick von Stephen. Und Mutter verwechselte uns nie.

Sie war eine stattliche Frau, fast einsachtzig groß, die sogar im mittleren Alter eine noch hochaufgerichtete, beinahe majestätische Haltung zeigte. Ihre Augen waren blau wie die unseren; ihr Haar, so erzählte sie uns, war einmal so goldfarben gewesen wie das unsere. Ihre Stimme war ein tiefer, weicher Alt; voll, klar, tragend, die Stimme einer starken Frau. Sie war Professorin für Biochemie einer Universität an der Ostküste gewesen – an welcher, sagte sie uns nie, weil sie den Namen so haßte –, und wir alle kannten die Geschichte ihres bitteren Lebens und unserer eigenen, seltsamen Geburt.

»Ich hatte eine Theorie«, pflegte sie zu sagen. »Es war keine orthodoxe Theorie, und die Leute wurden zornig, wenn sie davon hörten; deshalb wurde ich hinausgeworfen. Aber das war mir gleichgültig. In vieler Beziehung war das der glücklichste Tag meines Lebens.«

»Erzähl uns davon, Mutter«, bat Philip jedesmal. Er sollte Bühnenautor werden; es machte ihm Spaß, die Geschichte immer wieder zu hören, wenn wir beisammen waren.

Sie sagte:

»Ich hatte eine Theorie. Ich glaubte, daß die Persönlichkeit von der Umwelt bestimmt wurde, daß man, wenn derselbe Satz gesunder Gene gegeben war, aus dem Rohmaterial jede beliebige Anzahl verschiedener Erwachsener formen konnte. Ich hatte einen Plan, das zu testen – aber als ich davon berichtete, wurde ich entlassen. Zum Glück hatte ich einen reichen, wenn auch recht oberflächlichen Manager geheiratet, der im Jahr zuvor an einem Herzinfarkt gestorben war. Ich war dank ihm finanziell unabhängig und konnte mich mit unabhängiger Forschung befassen – dank meiner Entlassung von der Universität. Ich ging deshalb nach Wisconsin und begann mein großes Projekt.«

Den Rest der Geschichte kannten wir auswendig, wie eine Art Litanei.

Wir wußten, daß sie eine große, weitläufige Farm im ebenen, grünen Zentralland von Wisconsin gekauft hatte, eine Farm, weit von allen neugierigen Augen entfernt. An einem heißen Sommernachmittag war sie auf die Felder hinausgegangen und hatte einen Landarbeiter gefunden, hochgewachsen und kräftig, und zu seiner enormen Überraschung hatte sie ihn mitten auf dem Feld, wo er arbeitete, verführt.

Und dann die Geschichte dieser einen, wunderbaren Zygote, die unsere Mutter aus ihrem Körper entnommen und in besonderen Nährtanks sorgfältig überwacht hatte; sie wurde bestrahlt und eingefroren und wieder bestrahlt und mit Hormonen versorgt, bis sie sich gereizt in zweiunddreißig Zellen teilte, von denen jede sich unabhängig zu einem vollständigen Embryo entwickelte.

Vom Embryo zum Fötus, vom Fötus zum Kind, in Mutters sinnreichen, künstlichen Uteri. Eines von den zweiunddreißig starb vor der Geburt durch einen Narkoseunfall; die übrigen überlebten, einunddreißig identische männliche Kinder, ein und demselben Ei entsprungen – und daraus wurden wir.

Mit der ungeheuren Energie, die für sie typisch war, zog Mutter ganz allein einunddreißig männliche Säuglinge auf; wir gediehen, wir wuchsen. Und dann begann das entscheidende Stadium des Experiments. Wir wurden im Alter von achtzehn Monaten getrennt, jeder bekam sein eigenes Zimmer, sein eigenes, nur für ihn bestimmtes Spielzeug, später seine eigenen Bücher. Jeder von uns wurde für einen ganz bestimmten Beruf vorgesehen. Es war der endgültige Beweis für ihre Theorie. Genetisch identisch, physisch identisch, bis auf die nebensächlichen Veränderungen, die sich durch die Zeit an unseren Körpern ergaben, würden wir trotzdem ganz unterschiedliche Beschäftigungen anstreben.

Sie arbeitete die Einteilung ganz willkürlich aus, sagte sie. Philip sollte Bühnenautor werden, Noel Romancier, Donald

Arzt. Astronomie war Allans Ziel, Biologie das von Barry, Albert sollte zur Bühne gehen. George sollte Konzertpianist werden, Claude Komponist, Leonard Rechtsanwalt, Dewey Zahnarzt. Mark sollte Sportler werden, David Diplomat. Auf Jonas wartete der Journalismus, auf Peter die Poesie, auf Paul die Malerei. Edward würde Ingenieur werden, Saul Soldat, Charles Staatsmann; Stephen sollte zur See gehen. Für Martin war die Chemie vorgesehen, für Raymond die Physik, für James die Hochfinanz. Ronald sollte Bibliothekar werden, Robert Buchhalter, John Pfarrer, Douglas Lehrer. Anthony würde Literaturkritiker werden, William Buchhändler, Frederick Pilot. Für Richard war ein Leben als Krimineller bestimmt; was mich betraf, Harold, so sollte ich meine Energie dem Studium der Geschichte widmen und selbst historische Werke schreiben.

Das war der Plan meiner Mutter. Lassen Sie mich von meiner eigenen Kindheit und Jugend erzählen, damit dargestellt wird, wie das funktionierte.

Meine erste Erinnerung ist die an Bücher. Ich hatte im ersten Stock unseres großen Hauses ein Zimmer. Neben mir wohnte Martin, und in späteren Jahren bedauerte ich das, weil es immer nach seinen chemischen Experimenten stank. Rechts von mir befand sich Noel, dessen Schreibmaschine manchmal die ganze Nacht klapperte, wenn er an seinem endlosen, ersten Roman arbeitete.

Aber diese Dinge kamen erst später. Ich erinnere mich, eines Morgens aufgewacht zu sein und entdeckt zu haben, daß in der Nacht ein Bücherregal in mein Zimmer geschafft worden war, in dem sich ein einziges Buch befand – Hendrik Willem van Loons ›Geschichte der Menschheit‹. Ich war damals vier, fast fünf Jahre alt; dank Mutters intensiver Ausbildung waren wir in diesem Alter alle schon tüchtige Leser, und ich rätselte an dem großen Schriftbild herum, erfuhr von den Taten Karls des Großen und von Richard Löwenherz, starrte auf die Kritzeleien, auf van Loons Illustrationen.

In den folgenden Jahren gab es immer mehr Bücher. H. G. Wells' ›Abriß der Geschichte‹, der mich gleichzeitig faszinierte und abstieß. Toynbee, in der gekürzten Somervell-Ausgabe, und später, als ich ein Halbwüchsiger war, die vollständige und ungekürzte Ausgabe. Churchill mit seinen dahinströmenden Sätzen und der klingenden Prosa. Sandburgs poetisches und umfangreiches Leben Lincolns; Wedgwood über den Dreißigjährigen Krieg; Will Durant, in sechs oder sieben Riesenbänden.

Ich las diese Bücher, und wo ich nichts verstand, las ich einfach weiter, weil ich wußte, daß ich in späteren Jahren einmal auf diese Seite zurückkommen und sie mit neuem Verständnis betrachten würde. Mutter half und lenkte und trieb an. In mir entstand ein Gefühl für das Panorama der ungeheuren Leistung des Menschen. Sich der Reihe der Menschheits-Chronisten anzuschließen, schien der einzig mögliche Sinn meiner Existenz zu sein.

Von meinem vierzehnten bis zu meinem siebzehnten Lebensjahr reiste ich jeden Sommer – allein, versteht sich, weil Mutter dafür sorgte, daß wir Selbstvertrauen entwickelten und auf eigenen Beinen stehen konnten. Ich besuchte die großen historischen Stätten der Vereinigten Staaten von Amerika: Washington, die Bundeshauptstadt, Mount Vernon, Williamsburg, Gettysburg.

Diese Sommer waren meine einzigen Gelegenheiten, mit Fremden in Berührung zu kommen, da wir das Jahr über, und vor allem während der langen, schneereichen Winter auf der Farm blieben, eine eng zusammengeschlossene Familiengruppe. Wir besuchten nie eine öffentliche Schule; es war offensichtlich ausgeschlossen, daß wir allesamt irgendwo eintraten, ohne jene Neugier zu erregen, die meine Mutter vermeiden wollte.

Statt dessen unterrichtete sie uns privat und bot uns die Hingabe und Aufmerksamkeit, die kein gewöhnlicher Lehrer hätte aufbringen können. Und wir wurden älter und zweigten auseinander zu unseren Berufen wie sprossende Äste an einem Baum.

Als künftiger Historiker interessierte es mich natürlich, die

Veränderungen in meiner eigenen Gesellschaft zu beobachten, die von den Grenzen unserer Felder umschlossen wurde. Ich führte Aufzeichnungen über die Fortschritte meiner Brüder, wobei ich meine Notizbücher gut versteckte, und auch über die Veränderungen, welche die Zeit bei Mutter hervorrief. Sie hielt sich erstaunlich gut, wenn man bedachte, welch ungeheure Last sie sich aufgebürdet hatte. Wollte man sie beschreiben, so paßte der Ausdruck ›groß‹ wohl am besten.

Wir erreichten die Pubertät. Inzwischen hatte Martin in seinem Zimmer ein imposantes Chemielabor; Leonard hielt uns lange Vorträge über knifflige juristische Fragen, und Anthony vergrub sich in die Bücher von Proust und Kafka, um verblüffende literarische Interpretationen zu liefern. Unser Haus war zu allen Zeiten ein Bienenkorb der Emsigkeit, und ich kann mich nicht erinnern, daß ich mich irgendwann länger als drei Sekunden hintereinander gelangweilt hätte. Ablenkung gab es genug: Claude und George drängten einander von der Klavierbank, während sie Claudes Sonate für vier Hände spielten, Mark schleuderte einen Baseball durch ein Fenster, Peter rezitierte während des gemeinsamen Mittagessens eine Reihe schockierender Sonette.

Wir rauften natürlich miteinander, weil wir gesunde Individuen mit kräftigen Körpern waren. Mutter ermutigte uns dabei; am Samstagnachmittag wurde gerungen, und wir setzten unsere wachsenden Kräfte gegeneinander ein.

Mutter war stets die beherrschende Figur, schritt hochgewachsen und aufrecht umher, rief uns mit ihrer vertrauten, dröhnenden Stimme, teilte uns Aufgaben zu, traf sich einzeln mit uns. Auf irgendeine Art besaß sie das Geschick, jeden von uns glauben zu machen, er sei das Lieblingskind, jenes eine Kind, für dessen Zukunft sie sich am meisten interessierte. Das war natürlich falsch, auch wenn Jonas unfreundlicherweise behauptete, Barry müsse wirklich ihr Liebling sein, weil er Biologe werden sollte wie sie.

Ich bezweifelte das. Ich hatte durch meine umfassende Lektüre viel über die Menschen gelernt und wußte, daß Mutter etwas Außergewöhnliches war – eine Fanatikerin, wenn man so will, oder auch nur eine von einem inneren Dämon getriebene Frau, aber nichtsdestoweniger eine Person von überwältigendem intellektuellen Antrieb, von einer fundierten inneren Überzeugung, deren Wille, die Wahrheit zu erfahren, sie dazu gebracht hatte, dieses unglaubliche Experiment auf dem Gebiet der Biologie und der menschlichen Fortpflanzung zu unternehmen.

Ich wußte, daß keine Frau von diesem Kaliber sich auf Günstlingswirtschaft einlassen würde. Mutter war einzigartig. Vielleicht hätte sie, wäre sie als Mann auf die Welt gekommen, den Weg der gesamten menschlichen Entwicklung von Grund auf verändert.

Als wir siebzehn waren, rief sie uns an dem großen Tisch im Gemeinschaftsraum unseres großen Hauses alle zusammen. Sie wartete und brauchte sich nur ein einziges Mal zu räuspern, damit die Gespräche verstummten.

»Meine Söhne«, sagte sie, und der Widerhall klang durch das ganze Erdgeschoß. »Meine Söhne, die Zeit ist gekommen, daß ihr alle von der Farm weggeht.«

Wir waren wie vor den Kopf geschlagen, selbst diejenigen von uns, die damit gerechnet hatten. Aber sie erklärte es uns, wir begriffen, und wir widersprachen nicht.

Man konnte nicht in einem absoluten Vakuum Arzt oder Chemiker oder Romanschriftsteller oder auch Historiker werden. Man mußte in die Welt hinausgehen. Und man brauchte bestimmte berufliche Qualifikationen.

Wir sollten das College besuchen.

Nicht alle von uns, versteht sich. Robert sollte Buchhalter werden und deshalb die Handelsschule besuchen. Mark hatte sich durch langjährige Übung zu einem großartigen Baseballwerfer entwickelt und sollte nach Milwaukee gehen, um dort bei einem großen Klub einzutreten. Claude und George, aufstrebender Komponist und aufstrebender Pianist, würden gemeinsam, als

Zwillinge auftretend, ein Konservatorium an der Ostküste beziehen.

Wir anderen sollten verschiedene Colleges besuchen, und diejenigen, die Berufe wie Medizin oder Chemie ergriffen, würden daran anschließend die geeigneten Universitäten beziehen. Mutter glaubte, daß Collegeausbildung unerläßlich sei, selbst für einen Dichter oder Maler oder Romanschriftsteller.

Nur einer von uns würde nicht auf irgendeine anerkannte Institution geschickt. Das war Richard, der unser Verbrecher werden sollte. Er hatte schon einige Ausflüge in die benachbarten Klein- und Großstädte unternommen, um ein paar Tage oder Wochen später mit Geld oder Schmuck und schuldbewußtem Grinsen zurückzukommen. Er sollte einfach in die Schule des Lebens geschickt werden, und Mutter schärfte ihm ein, sich niemals erwischen zu lassen.

Was mich anging, so kam ich nach Princeton, wo ich die Fächer der philosophischen Fakultät belegen sollte. Da ich wie meine Brüder privat ausgebildet worden war, besaß ich keine Diplome oder Zeugnisse, und man mußte mich statt dessen einer besonderen Prüfung unterziehen. Offenbar schlug ich mich ganz gut, denn man nahm mich sofort an. Ich telegraphierte Mutter, die mir einen Scheck über dreitausend Dollar für die erste Zeit schickte.

Ich immatrikulierte mich im Hauptfach Geschichte; zu den Vorlesungen im ersten Jahr gehörten englische Verfassungsgeschichte im Mittelalter und Gesamtschau der historischen Strömungen des Abendlands; natürlich hatte ich in beiden Fällen von meiner ganzen Klasse die besten Noten. Ich arbeitete fleißig und sogar mit einer Art wilder Wut. Meinen anderen Vorlesungen, in den Naturwissenschaften oder in den Künsten, widmete ich nicht mehr und nicht weniger Zeit als nötig; meine beherrschende Leidenschaft war die Geschichte.

Jedenfalls in den ersten beiden Semestern.

Es wurde Juni, und das Abschlußexamen fand statt, dann kehrte ich nach Wisconsin zurück, wo Mutter wartete. Am 21.

Juni traf ich ein; da nicht alle Colleges das Frühlingssemester gleichzeitig beenden, waren einige meiner Brüder schon seit über einer Woche zu Hause, andere fehlten noch. Richard hatte mitgeteilt, daß er sich in Los Angeles befinde und nach dem 1. Juli bei uns sein werde. Mark hatte einen Spielervertrag abgeschlossen und spielte für eine Mannschaft in New Mexico, und auch er würde nicht bei uns sein.

Der Sommer verging rasch.

Wir verbrachten ihn wie früher vor dem College, unterhielten uns über unsere Spezialfächer, trafen uns regelmäßig und einzeln mit Mutter, um die noch vor uns liegenden Ziele zu besprechen. Bis auf Claude und George hatten wir uns in verschiedene Richtungen zerstreut; keine zwei von uns besuchten dieselbe Schule.

Im Herbst kehrte ich nach Princeton zurück, um mein zweites Studienjahr abzuleisten. Es verging, ich fuhr wieder nach Hause und im folgenden Herbst erneut nach Osten. Das vorletzte Jahr vor dem Examen verging ebenso.

Und ich fing an, in meinem Inneren Anzeichen einer merkwürdigen Veränderung zu entdecken. Es war eine Veränderung, die ich Mutter gegenüber nicht zu erwähnen wagte, in den Julitagen, wenn ich bei ihr in ihrem Zimmer neben der Bibliothek saß. Ich sagte auch meinen Brüdern nichts. Ich behielt die Erkenntnis für mich, brütete endlos darüber, fragte mich, warum dergleichen ausgerechnet mir zustoßen mußte, warum gerade ich eine Ausnahme war.

Denn ich kam dahinter, daß mich das Studium der Geschichte absolut und maßlos langweilte.

Während dem letzten Jahr auf dem College wuchs der Geist der Auflehnung in mir. Ich hatte hervorragende Zeugnisse, ich gehörte der Phi Beta Kappa-Verbindung besonders ausgezeichneter Akademiker an, und mehrere Universitäten interessierten sich bereits für mich. Ich hatte aber mit einigen ausgewählten Freunden gesprochen – von denen natürlich keiner meine bizarren Familienverhältnisse kannte –, und meine Werteinschätzungen hatten sich stufenweise verändert.

Ich begriff, daß ich so tief in die Geschichte eingedrungen war, wie ich jemals Lust haben würde. Wachend und schlafend hatte ich über fünfzehn Jahre lang über Waterloo und Bunker Hill sinniert, die Persönlichkeiten von Cromwell und James II. studiert, hatte mich in meiner Phantasie mit Jefferson und Augustus, Caesar und Karl Martell unterhalten.

Und ich langweilte mich.

Mit der Zeit wurde das auch den anderen deutlich. Eines Tages, während des Schlußsemesters, fragte mich ein Freund: »Bedrückt dich irgend etwas, Harry?«

Ich schüttelte schnell den Kopf – zu schnell.

»Nein«, sagte ich. »Wieso – sehe ich bedrückt aus?«

»Es ist schlimmer. Du siehst aus wie besessen.«

Wir lachten darüber, und dann gingen wir zum Studentencenter und tranken ein paar Glas Bier. Nach kurzer Zeit ging mir der Mund über.

»Mich bedrückt wirklich etwas«, sagte ich. »Und weißt du, woran es liegt? Ich fürchte, ich kann den Maßstäben nicht entsprechen, die meine Familie für mich aufgestellt hat.«

Lautes Gelächter erhob sich.

»Na, jetzt hör aber auf, Harry! Phi Beta Kappa im vorletzten Jahr, immer der Erste, eine großartige Laufbahn als Historiker vor dir – was will man denn noch von dir sehen, Blut?«

Ich lachte und trank Bier und murmelte etwas Beiläufiges, aber innerlich wand ich mich.

Alles, was ich war, schuldete ich Mutter. Sie hatte mich zu dem gemacht, was ich war. Aber ich war als Student der Geschichte verbraucht; ich war der Versager der Familie, das faule Ei im Korb, das schwarze Schaf. Raymond rang noch immer fröhlich mit der Atomphysik, mit Heisenberg und Schrödinger und allen anderen. Mark leistete Enormes auf dem Baseballfeld. Paul bemalte heiter Leinwand in seiner Atelierwohnung in

Greenwich Village, und sogar Robert schien an der Buchhaltung Freude zu haben.

Nur ich hatte versagt. Die Geschichte war mir widerlich geworden. Ich lehnte mich gegen sie auf. Ich würde meine Mutter enttäuschen, würde die Verachtung meiner Brüder auf mich ziehen und in Verzweiflung leben, den Beruf des Historikers hassen und durch meine ganze Ausbildung für nichts anderes geeignet sein.

Ich schloß das Examen in Princeton summa cum laude wenige Tage nach meinem einundzwanzigsten Geburtstag ab. Ich schickte Mutter ein Telegramm, um meine Rückkehr anzukündigen, und kaufte die Fahrkarte für die Eisenbahn.

Es war eine lange, qualvolle Fahrt zurück nach Wisconsin. Ich brachte die Zeit damit zu, nachzudenken und den Versuch zu unternehmen, zwischen den unerfreulichen Alternativen zu wählen, denen ich mich gegenübersah.

Ich konnte versuchen, zu schwindeln, und meiner Mutter erzählen, ich studierte weiterhin Geschichte, während ich mich in Wirklichkeit auf einen attraktiveren Beruf vorbereitete – auf die Juristerei, etwa.

Ich konnte ihr auf der Stelle mein Scheitern eingestehen, ihre Verzeihung für diese Enttäuschung erbitten, weil ich ihren großen Plan zunichte gemacht hatte, und versuchen, auf einem anderen Gebiet neu anzufangen.

Oder ich konnte mit der Geschichte weitermachen, mich ingrimmig zwingen, Interesse aufzubringen, mich so zu verkrampfen und zu quälen, daß der Plan meiner Mutter aufging.

Nichts davon erschien mir wünschbar. Ich brütete vor mich hin und war erschöpft und von Sorge erfüllt, bis ich unsere Farm erreichte.

Als ersten von meinen Brüdern sah ich Mark. Er saß auf der Veranda vor dem Haus und las ein Buch, das ich auf der Stelle und mit einiger Überraschung als Band I von Churchills großem Geschichtswerk erkannte. Er hob den Kopf, sah mich an und lächelte schief.

Ich runzelte die Stirn.

»Ich habe eigentlich nicht erwartet, daß du hier bist, Mark. Den Sportseiten der Zeitungen zufolge spielen diese Woche die Braves an der Ostküste. Wieso bist du denn nicht dabei?«

Seine Stimme war kaum zu verstehen.

»Weil man mich freigestellt hat«, sagte er.

»Was?«

Er nickte.

»Ich bin mit einundzwanzig fertig. Ich habe wieder freie Hand, keinerlei Bindungen, das heißt, ich kann mich jeder Mannschaft anschließen, die mich nimmt.«

»Und du ruhst dich ein bißchen aus, bevor du dich anderen Klubs anbietest?«

»Ich bin fertig. Kaputt, Harry. Ich kann Baseball einfach nicht ertragen. Ein albernes, dummes Spiel. Weißt du, wie oft ich da draußen auf dem Feld stehen mußte, in dem lächerlichen Kostüm, um irgendeinem Trottel, der einen Schläger in der Hand hielt, einen Lederball hinzuwerfen? Hundert-, hundertfünfzigmal pro Spiel, alle vier Tage. Wozu? Was, zum Teufel, soll das Ganze? Warum soll ich mich damit abgeben?«

In seinen Augen glitzerte ein seltsamer Funke.

»Hast du es Mutter gesagt?« fragte ich.

»Ich bringe es nicht fertig! Sie denkt, ich hätte Urlaub oder sonst irgendeine Pause. Harry, wie kann ich ihr sagen –«

»Ich weiß.« Ich berichtete ihm mit kurzen Worten von meiner eigenen Abneigung gegen die Geschichte. Wir freuten uns beide sehr über die Erkenntnis, daß wir mit unserem Leiden nicht allein standen. Ich hob meine Koffer auf, lief die Stufen nach oben und betrat das Haus.

Dewey machte im Gemeinschaftsraum sauber, als ich hindurchging. Er nickte und begrüßte mich bedrückt.

»Was macht die Zahnbohrerei?« fragte ich.

Er fuhr herum und funkelte mich giftig an.

»Stimmt etwas nicht?« fragte ich.

»Ich habe Angebote von vier zahnmedizinischen Instituten, Harry.«

»Ist das Grund zum Traurigsein?«

Er ließ den Besen fallen, trat auf mich zu und flüsterte: »Wenn du es Mutter sagst, bring' ich dich um, aber der Gedanke, mein Leben lang in übelriechenden Mündern herumstochern zu müssen, macht mich krank, buchstäblich sterbenskrank.«

»Aber ich dachte –«

»Ja, du dachtest. Du hast es gut, du brauchst dir nur Bücher aus der Bibliothek zu holen, umzuschreiben, was da steht, und von neuen Forschungsergebnissen reden. Ich muß bohren und schleifen und füllen und ziehen –« Er verstummte einen Augenblick. »Harry, ich bringe dich um, wenn du auch nur ein Sterbenswörtchen davon verlauten läßt. Mutter soll nicht wissen, daß ich nicht so geworden bin, wie sie sich das erhofft hat.«

Ich wiederholte, was ich Mark gesagt hatte – und erzählte ihm prompt auch von Marks Reaktion. Dann ging ich hinauf in mein altes Zimmer. Ich fühlte mich von einer Last befreit; ich war nicht allein. Mindestens zwei von meinen Brüdern empfanden genauso wie ich. Ich fragte mich, wie viele noch gegen eine lebenslange Disziplinierung aufbegehrten.

Arme Mutter! dachte ich. Arme Mutter!

Unser erster Familienrat in diesem Sommer wurde noch an diesem Abend abgehalten. Stephen und Saul erschienen als letzte, Stephen in der schmucken Uniform der Marineschule Annapolis, Saul steif und mit kurzgeschorenen Haaren in der Uniform der Militärakademie West Point. Mutter hatte sich sehr angestrengt, um die beiden dort unterzubringen.

Wir saßen um den großen Tisch herum und unterhielten uns. Die erste Phase unseres Lebens, sagte Mutter, sei vorüber, die Grundausbildung abgeschlossen, und wir würden nun den endgültigen Schritt in unsere Berufe tun – soweit das nicht schon geschehen war.

Mutter wirkte an diesem Abend strahlend, hochgewachsen, energisch, das weiße Haar kurzgeschnitten wie ein Mann, als sie mit ihren einunddreißig strammen Söhnen am Tisch saß. Ich beneidete sie und hatte Mitleid mit ihr; beneidete sie um die herrliche Klarheit ihres Lebens, das so unerbittlich und ohne Abweichung auf das Ziel ihres Experiments ausgerichtet gewesen war, und ich hatte Mitleid mit ihr wegen der Enttäuschung, die auf sie wartete.

Mark, Dewey und ich waren nämlich nicht die einzigen Versager.

Ich hatte im Laufe des Tages diskret Erkundigungen eingezogen. Ich hatte erfahren, daß Anthony die Literaturkritik als Mache und faulen Zauber betrachtete, daß Paul davon überzeugt war, keinerlei Talent als Maler zu besitzen – worin er sich, wie er glaubte, von den meisten seiner Kollegen nicht unterschied –, daß Robert die Buchhalterei haßte, daß George das Klavierspielen körperliche Schmerzen bereitete, daß Claude Schwierigkeiten beim Komponieren hatte, weil er kein musikalisches Gehör besaß, daß für Jonas die Hetze des Journalistenberufs zu anstrengend war, daß John sich danach sehnte, das Priesterseminar verlassen zu können, weil er sich nicht berufen fühlte, daß Albert das unordentliche Wanderleben des Schauspielers verabscheute . . .

Wir stellten allesamt zum erstenmal die Frage, die im Lauf der letzten Jahre in uns allen aufgetaucht war. Ich machte die verblüffende Entdeckung, daß nicht einer der Söhne von Donna Mitchell den Beruf, der für ihn ausgewählt worden war, wirklich schätzte.

Das Experiment war total mißlungen.

Am späten Abend, nachdem Mutter zu Bett gegangen war, blieben wir zusammen und besprachen unsere mißliche Lage. Wie konnten wir ihr das sagen? Wie konnten wir ihr Lebenswerk zerstören? Aber wie konnten wir uns andererseits zu einem Leben endloser Quälerei zwingen?

Robert wollte Ingenieur werden, Barry Bücher schreiben. Ich hatte erkannt, daß mich das Recht viel mehr interessierte als die Geschichte, während Leonard das Recht zugunsten der

Naturwissenschaften aufgeben wollte. James, unser unvollendeter Bankier, zog die Politik vor. Und so ging es weiter, bis Richard, der sich fünf Raubüberfälle, eine Vergewaltigung und zahllose Taschendiebstähle zuschrieb, seinen Wunsch preisgab, zur Ruhe zu kommen und als ehrlicher Farmer ein gesetzestreues Leben zu führen.

Es war erschütternd.

Leonard faßte in seiner präzisen forensischen Art das Problem zusammen, als er sagte: »So sieht unser Dilemma aus: Verschweigen wir das alle und machen unser Leben kaputt, oder sprechen wir es aus und zerstören Mutters Experiment?«

»Ich meine, wir sollten vorerst so weitermachen wie bisher«, sagte Saul. »Vielleicht stirbt Mutter in den nächsten ein, zwei Jahren.«

»Und wenn sie nicht stirbt?« gab Edward zurück. »Sie ist in einer enormen Verfassung. Sie lebt noch zwanzig oder dreißig oder gar vierzig Jahre.«

»Und wir sind schon über einundzwanzig«, meinte Raymond. »Wenn wir noch lange weitermachen, ist es für einen Wechsel zu spät. Man kann nicht mit fünfunddreißig anfangen, für einen neuen Beruf zu studieren.«

»Vielleicht behagt uns bis dahin, was wir machen«, sagte David hoffnungsvoll. »So schlimm ist der diplomatische Dienst nicht, und ich würde sagen –«

»Und was ist mit mir?« entfuhr es Paul. »Ich kann nicht malen, und ich weiß, daß ich nicht malen kann. Ich kann langsam verhungern, wenn ich nicht zu Verstand komme und schleunigst etwas Vernünftiges mache. Soll ich mein ganzes Leben lang schöne, weiße Leinwand beschmieren?«

»Es geht nicht«, sagte Barry düster. »Wir müssen es ihr sagen.«

Douglas schüttelte den Kopf.

»Das können wir nicht tun. Du weißt genau, was sie machen wird. Sie schleppt die -zig Bände Aufzeichnungen heran, die bei dem ganzen Experiment angefallen sind, und fragt uns, ob wir zulassen wollen, daß das alles zunichte gemacht wird.«

»Er hat recht«, sagte Albert. »Ich sehe das schon vor mir. Die starke Orgelbaßstimme wirft uns vor, daß wir kein Zutrauen hätten, daß wir undankbar seien –«

»Undankbar?« schrie William. »Sie hat uns verkrümmt und getrieben und geformt, ohne uns zu fragen. Verdammt noch mal, sie hat uns mit ihren Labortricks hervorgebracht wie der liebe Gott Adam und Eva. Aber das hat ihr nicht das Recht gegeben, wandelnde Tote aus uns zu machen.«

»Wir können trotzdem nicht einfach hingehen und ihr erklären, daß alles vorbei ist«, sagte Martin. »Der Schock würde sie töten.«

»Und?« sagte Richard in die folgende Stille hinein. »Was wäre daran so schlimm?«

Einen Augenblick lang schwiegen alle. Im Haus war es still; wir hörten Schritte die Treppe herunterkommen. Wir erstarrten.

Mutter erschien, eine majestätische Erscheinung selbst in ihrem alten Morgenmantel.

»Jungs, ihr macht viel zuviel Krach«, dröhnte sie. »Ich weiß, ihr freut euch über das Wiedersehen nach einem ganzen Jahr, aber ich brauche meinen Schlaf.«

Sie drehte sich um und marschierte wieder hinauf. Wir hörten ihre Schlafzimmertür zufallen. Einen Augenblick lang waren wir wieder Zehnjährige, die aus Angst vor ihrer Mutter eifrig ihre Bücher lasen.

Ich befeuchtete die Lippen.

»Also?« sagte ich. »Ich verlange Abstimmung über Richards Vorschlag.«

Martin als Chemiker stellte das Getränk her und ließ sich von Donalds ärztlichem Rat dabei helfen. Saul, Stephen und Raymond schaufelten im Wald, der zu unserem Besitz gehörte, ein Grab. Douglas und Martin zimmerten den Sarg.

Richard, der seine Verbrecherlaufbahn mit einem Mord abschloß, bei dem wir alle Mittäter waren, trug das tödliche Getränk am nächsten Morgen zu Mutter hinauf und überredete sie dazu, es zu trinken. Ein Schluck, mehr war nicht nötig; Martin hatte seine Arbeit gut getan.

Leonard lieferte uns eine juristische Konstruktion: Tötung in Notwehr. Wir legten die Leiche in den Sarg und trugen ihn über die Felder. Richard, Peter, Jonas und Charles waren ihre Sargträger; wir anderen folgten ihm.

Wir ließen den Sarg hinab, und John sprach ein paar Worte. Dann schaufelten wir das Grab langsam zu, legten die Grasnarbe darüber und gingen zurück zum Haus.

»Sie ist glücklich gestorben«, sagte Anthony. »Sie hat von der Größe ihres Scheiterns nichts geahnt.« Es war ihre Grabschrift.

James, als unser Bankier, überwachte die Verteilung ihres Vermögens, das beträchtlich war, auf einunddreißig gleichberechtigte Erben. Noel verfaßte ein kurzes Prosafragment, das, wie wir alle fanden, unsere Empfindungen ausdrückte.

In dieser Nacht verließen wir die Farm und zerstreuten uns in alle Richtungen, begierig, das Leben zu beginnen. Alles Vorherige war ein Traum gewesen, aus dem wir jetzt erwachten. Wir beschlossen, uns jedes Jahr an ihrem Todestag auf der Farm zu treffen, im Gedenken an die Frau, die so sorgfältig eine Zygote in zweiunddreißig lebensfähige Zellen gespalten und zwei Jahrzehnte lang ein Experiment betrieben hatte, gegründet auf eine Theorie, die sich zuletzt als völlig falsch herausgestellt hatte.

Wir spürten keine Reue, keine Gewissensbisse. Wir hatten getan, was getan werden mußte, und an diesem letzten Tag hatten einige von uns zum letztenmal die Berufe ausgeübt, für die Mutter uns vorgesehen hatte.

Auch ich. Mein erstes und letztes Geschichtswerk wird dies hier sein, ein Bericht über Mutter und ihr Experiment, der den Anfang und das Ende ihrer Arbeit schildert. Und hiermit ist er vollständig.

Trauernd hinterblieben

Der Entreihungsraum im Raumflughafen Cincinnati erschien Peter Martlett reichlich kahl. Er hatte nicht mehr als vierzig Quadratmeter, wurde von einer einzelnen Leuchtbirne mit Schirm erhellt und war bar jedes Ornaments. In der Mitte stand der riesige Henderson-Entreiher. Zwei Techniker in weißen Kitteln standen daneben und starrten Martlett erwartungsvoll an, als er hereinkam. Hinter sich hörte er das laute Summen des Warteraums, den er eben verlassen hatte. Der Entreiher wurde heute offenbar überaus stark beansprucht.

»Mr. Martlett?«

Martlett nickte steif. Er hatte mehr als die üblichen Bedenken, sich dem Entreiher auszuliefern, vor allem wenn er bedachte, was seinem Bruder zugestoßen war. Die Leute vom Reisebüro hatten ihm jedoch versichert, daß das ein selten unglücklicher Zufall gewesen sei, etwas, das eins zu einer Million, einer Milliarde stand ...

»Können wir Ihren Paß haben?« fragte der schlankere und erfahrener aussehende der beiden Techniker. Martlett überreichte ihn, zusammen mit seiner Verzichtserklärung bei Unfällen, seiner Ausweiskarte, seinem Ausreisevisum und dem vorweg abgestempelten Einreisevisum, das ihm gestattete, Marathon zu besuchen, wo Michael Martlett einen Monat zuvor einen gräßlichen Tod gestorben war.

Die Köpfe der beiden Techniker berührten sich beinahe, als sie seine Papiere durchsahen, zustimmend nickten und ihm bedeuteten, er möge sich in den Entreiher setzen. Einer der beiden Techniker brachte einen schwarz emaillierten Behälter mit einer Seitenlänge von dreißig Zentimetern und machte sich daran, Martletts Papiere mit Klebestreifen daran zu befestigen. Martlett befeuchtete die Lippen, während er zusah. In wenigen

Minuten würde er selbst sich in diesem Behälter befinden, wie er wußte.

Der andere Entreihungs-Techniker schnallte Martlett im Entreiher an und schob einen Metallkegel über seinen Kopf. Mit beruhigender Stimme sagte er: »Ungefähr ist Ihnen ja sicherlich bekannt, wie der Entreiher funktioniert, Sir –«

»Ja, ich –«

Der Techniker beachtete die hervorgestoßenen Worte gar nicht und fuhr mit seinem offenbar eingelernten Vortrag fort.

»Der Henderson-Entreiher erlaubt augenblicklichen Verkehr zwischen den Sternen. Das Entreihungsfeld führt zur Verzerrung der vier Koordinatenachsen Ihrer Weltlinie, entfernt Sie vorübergehend von der Berührung mit der Zeitachse und komprimiert Sie entlang der drei Raumachsen etwas, damit Sie leichter zu transportieren sind.«

»Sie meinen, ich komme in die kleine Kiste da?«

»Genau, Sir. Sie und Ihr Gepäck kommen in diesen Behälter und werden in ein Raumschiff gebracht, das zu Ihrem Zielplaneten unterwegs ist – Marathon, glaube ich. Obwohl die Reise nach Marathon zweihundertdreiundachtzig objektive Jahre in Anspruch nimmt, wird es sich für Sie nur um Sekunden handeln – da Sie bei Ihrer Ankunft natürlich in ein zweites Entreihungsfeld gebracht werden, das Sie zu Ihrer Zeitachse zurückführt, und zwar an einer Stelle, die nur Sekunden nach jener liegt, wo Sie die Erde verlassen haben!«

»Kurz gesagt«, warf der zweite Techniker ein, »Sie kommen hier in den Behälter, werden nach Marathon verfrachtet und dort wieder ausgepackt – abgelaufene Gesamtzeit zehn Sekunden. Wenn Sie bei der Ankunft sofort wieder zur Erde zurückreisen wollten, könnten Sie das tun. Wenn Sie Lust dazu hätten, könnten Sie in der Minute beinahe dreißig Rundreisen unternehmen, achtzehnhundert in der Stunde –«

»Wenn ich mir das leisten könnte«, meinte Martlett trocken. Der Preis für die Hin- und Rückreise betrug neunhundert Units, und seine Ersparnisse waren dadurch erheblich angegriffen worden. Aber die Kolonialregierung von Marathon hatte ihn nun einmal gebeten, die Reise zu unternehmen und die unerledigten Angelegenheiten seines Bruders abzuschließen. Der Schock von Michaels tragischem Tod war so stark gewesen, daß er sich sofort dazu bereit erklärt hatte.

»Hä, hä«, kicherte der Techniker. »Gewiß, achtzehnhundert Rundreisen wären ein bißchen kostspielig. Hä hä hä hä –«

Die beiden Techniker kicherten in harmonischer Übereinstimmung, während sie um Martlett herumhuschten und Justierungen an dem Wirrwarr von Skalen und Hebeln vornahmen, die ihn auf allen Seiten umgaben. Er wollte eben anfangen, sich über das Gelächter zu ärgern, als –

Wupp!

– er sich in einem Raum mit gewölbten Glaswänden auf einem weichen, dickgepolsterten Sofa liegen sah. Die Sonne schien ihm in die Augen – bläulich-purpurnes Sonnenlicht. Am kastanienbraunen Himmel zogen träge, grünliche Wolken dahin. Zwei lächelnde Techniker in grauschimmernden Overalls nickten ihm selbstzufrieden zu.

»Willkommen auf Marathon, Mr. Martlett.«

Martlett fuhr mit der Zunge über die Lippen.

»Ich bin schon da?«

»Gewiß. An Bord der ›Venus‹ vom Raumflughafen Cincinnati auf der Erde hierherverfrachtet. Heute ist der elfte April 2209 nach Galaktischer Standardzeit.«

»Derselbe Tag, an dem ich die Erde verlassen habe!«

»Gewiß, Mr. Martlett, gewiß! Der Henderson-Entreiher –«

»Ja, ja, ich weiß«, unterbrach ihn Martlett hastig, um eine Wiederholung der Information für Reisende zu unterbinden. »Ich bin mir über den Ablauf völlig im klaren.« Er schaute sich um. »Ich bin hier auf Ersuchen Ihres Ministers für Innere Angelegenheiten, Mr. Jansen. Es handelt sich um meinen Bruder –«

Das Wort war schlecht gewählt. Es löste in den beiden Entreiher-Technikern eine starke Reaktion aus. Sie husteten, bekamen rote Gesichter und starrten über Martletts Kopf hinweg, so, als seien sie überaus verlegen. Martlett ließ sich nicht beirren.

»Meinen Bruder Michael, der bis zu seinem bedauerlichen Tod bei einem Entreiher-Unfall vergangenen Monat hier als Kolonist gelebt hat. Wissen Sie, wo ich den Minister –«

»Er wartet nebenan auf Sie«, sagte der kleine Techniker mit der schiefen Nase.

»Und wir möchten Ihnen versichern, daß unsere Dienststelle von jeglicher Verantwortlichkeit für das – äh – Verschwinden Ihres Bruders freigesprochen worden ist«, warf der hochgewachsene Techniker mit dem wenig überzeugenden, gelben Toupet ein.

Martlett starrte sie mürrisch an.

»Ich bin nicht hergekommen, um auf einer Strafverfolgung zu bestehen«, sagte er. »Ich möchte nur die Angelegenheiten meines toten Bruders regeln.«

Er stand auf und spürte eine gewisse Steifheit in den Knien. Kein Wunder, dachte er, wenn man berücksichtigte, daß er zweihundertdreiundachtzig objektive Jahre in einem kleinen Kasten zugebracht hatte. Er sammelte seine Papiere ein und trat hinaus in den Vorraum. Beim Gehen entdeckte er, daß die Schwerkraft auf Marathon nur zwei Drittel der Erdschwerkraft betrug. Er mußte sich zusammennehmen, um nicht loszuhüpfen. Bei einem Mann, dessen geliebter Bruder erst vor fünf Galaktischen Standardwochen viel zu früh gestorben war, sähe das nicht gut aus, sagte er sich.

Der marathonische Minister für Innere Angelegenheiten stellte sich als Octavian Jansen vor. Er war ein großer Mann mit gebeugten Schultern, würdigem Auftreten und von mittlerem Alter. Sein Büro befinde sich ganz in der Nähe des Ankunftszentrums, sagte er, und so legten sie den Weg zu Fuß zurück. Martlett genoß das federnde Gefühl des Gehens bei nur zwei Drittel der gewohnten Schwerkraft. Er legte den Kopf zurück und atmete die frische, klare Luft ein. Über ihm flogen bunte Vögel und kreischten vergnügt. In den Straßen standen Reihen von palmenartigen Bäumen, deren Wedel schwankten. Marathon, hatte Michael ihm oft geschrieben, sei praktisch ein Paradies. Fruchtbarer Boden, außerordentlich angenehmes Klima, keine eingeborenen fleischfressenden Lebensformen, die größer als Hunde oder Katzen waren – und die Frauen!

Ja, die Frauen! Michael hatte stets einen guten Blick für die Frauen gehabt, dachte Martlett.

Jansens Büro war nobel eingerichtet. An einer Wand hingen Jagdtrophäen, große, schwere Schädel mit roter Färbung und drei Hörnern: die größte Tierart auf Marathon, die schwerfälligen, pflanzenfressenden, harmlosen Hippopotamoiden. Elegante Sessel in freigestalteter Form standen vor dem Schreibtisch mit Onyxplatte. Martlett zog einen heran.

»Darf ich erwähnen, daß Sie Ihrem verstorbenen Bruder erstaunlich ähnlich sehen, Mr. Martlett?« sagte Jansen.

»Viele Leute haben uns für Zwillingsbrüder gehalten.«

»Sie sind der ältere Bruder?«

»Um drei Jahre. Ich bin 30. Michael ist – war – 27.«

Jansen senkte für ein paar Sekunden respektvoll den Blick.

»Ihr Bruder war hier sehr beliebt, Mr. Martlett. Von dem Tag an, als er sich vor zwei Jahren der hiesigen Kolonie anschloß, war er eine führende Gestalt der Gemeinschaft. Und ich brauche Ihnen nicht zu sagen, wie sehr wir seine Musik bewundert haben! Schon im nächsten Monat hätte unser hiesiges Symphonieorchester ein Konzert nur mit Werken von Martlett geben sollen: die Zweite Symphonie, das Theremin-Konzert, und ein Stück für Streicher und Synthesizer, das schlicht ›Amor‹ heißt.«

Martlett nickte. Michaels Erfolg hier auf Marathon war Teil einer alten Geschichte. Michael, nicht besser aussehend als er, nicht größer, nicht kräftiger, war stets der geselligere Bruder gewesen, umgeben von Bewunderern, angebetet von Frauen. Während er, Peter, der ältere und mutmaßlich klügere Bruder, eher als eine Art tolpatschiger Patenonkel betrachtet wurde, nicht allzu schlau; ein Mann, der bei allem, was er unternahm, Unterstützung brauchte. Und so war es weitergegangen. In einer Welt, wo ein ernsthafter Komponist gegen die symphonischen Computer nicht die geringste Aussicht hatte, war es Michael gelungen, sich im Alter von nur dreiundzwanzig Jahren unauslöschlichen musikalischen Ruhm zu erwerben. Zwei Jahre später hatte er ein fettes Stipendium eingesteckt und war zu der paradiesischen Welt von Marathon gereist, um fern von den schrillen Dissonanzen des irdischen Lebens komponieren zu können.

Und jetzt war er mit siebenundzwanzig Jahren gestorben. Der ältere Bruder, der scheue, unsichere Peter, hatte die Aufgabe, die Zügel zu ergreifen, die Michael entglitten waren, seinen Besitz zu übernehmen, seine Schulden zu begleichen.

»Ist das Konzert abgesagt worden?« fragte Martlett.

»O nein«, gab Jansen zurück. »Es wird im Rahmen einer Gedenkfeier abgehalten. Ihr Bruder hätte selbst am Dirigentenpult stehen sollen, aber jetzt haben wir jemand anders engagiert. Es soll am fünfzehnten Mai stattfinden. Ich hoffe sehr, daß Sie dabeisein werden.«

»Tut mir leid«, sagte Martlett brüsk. »Ich hatte nicht vor, länger als ein, zwei Wochen auf Marathon zu bleiben – nur so lange eben, um alles abzuwickeln, was abgewickelt werden muß. Bis Mitte Mai, fürchte ich, werde ich wieder auf der Erde sein.«

»Ganz nach Ihrem Belieben, versteht sich.« Jansen zuckte traurig mit den Schultern. »Ich habe mir die Freiheit genommen, die Rechnungen zusammenzustellen, die von Ihrem Bruder zum Zeitpunkt seines Todes noch nicht ausgeglichen waren.«

Martlett ließ sich die dicke Akte geben und öffnete sie. Die oberste Rechnung stammte von der Gesellschaft für Sofort-Transporte nach dem Entreiher-Prinzip in Marathon: 110 Units für eine Reise von Marathon zur benachbarten Welt Thermopylae, zehn Units Anzahlung, Ziel sechs Monate.

»Ich glaube wohl kaum, daß diese Rechnung zu bezahlen ist«, sagte Martlett und schob sie über den Schreibtisch.

Der Minister warf einen Blick darauf, wurde rot und sagte hastig: »Äh – gewiß – natürlich nicht, ein Irrtum, Mr. Martlett.«

Allerdings ein Irrtum, dachte Martlett. Die Reise war nicht vollendet worden. Michael hatte sich in den Henderson-Entreiher auf Marathon gesetzt und hätte beinahe augenblicklich auf Thermopylae, neunzig Millionen Meilen entfernt, erscheinen sollen. Aber der Entreiher-Behälter war leer gewesen, als er Thermopylae erreichte. Michael war irgendwo unterwegs verschwunden, sein komprimierter und entreihter Körper unwiderruflich in irgendein Parallelkontinuum abgedrängt, in jenes leere Dunkel, aus dem kein Reisender je zurückkehrt.

In solchen Fällen – sie kamen wirklich nur höchst selten vor, einmal in einer Milliarde Fällen – waren die gesetzlichen Grundlagen klar. Der Verschwundene war juristisch als tot anzusehen. Noch niemand, der mitten auf der Reise mit dem Entreiher verschwunden war, hatte sich jemals wieder blicken lassen.

Martlett blätterte die anderen Rechnungen durch. Es waren meist kleine, aber sehr viele Beträge für Alkoholika, fünf Blumenrechnungen, eine Rechnung von einem Herrenschneider, eine höhere von einem Geschäft für Damenmoden und so weiter. Offenkundig hatte Michael nichts von seinem Talent im Umgang mit den Damen verloren, dachte Martlett.

Der Gesamtbetrag belief sich nach seiner Schätzung auf rund dreitausend Units. Er konnte sich die Ausgaben leisten; die Tantiemen für Michaels Werke, deren Aufführungsrechte er automatisch geerbt hatte, würden ihm solche Summen schnell ersetzen.

»Gut«, sagte er. »Ich erledige das alles gleich. Wenn es noch irgendwelche anderen –«

»Ja«, sagte Jansen ernst. »Ich glaube, Sie sollten wissen, daß es da eine Frau gab. Eine – nun – äh – die Verlobte Ihres Bruders.«

»Seine was? Michael hat stets Stein und Bein geschworen, daß er niemals im Leben heiraten würde!«

»Das mag sein, aber diese Frau behauptet, daß er ihr definitiv ein Heiratsversprechen gemacht habe. Ich meine, Sie sollten ihr einen Besuch abstatten – im Interesse der Höflichkeit, wissen Sie.«

Sie hieß Sondra Bullard. Martlett besuchte sie an diesem Abend, nachdem er sich in der Vierzehn-Zimmer-Villa seines Bruders inmitten eines Palmenhains eingerichtet hatte. Sie lebte einen halben Kontinent entfernt – Marathon hatte ziemlich große Ausmaße –, und Martlett sah sich gezwungen, ein Lufttaxi zu mieten, um dorthin zu gelangen.

Sondra Bullards Haus war im Vergleich zu dem von Michael bescheiden – ein ranchähnliches Gebäude, umgeben von satten Wiesen, am Fuß eines herrlichen Wasserfalls. In der offenen Garage stand ein glänzender Düsenwagen. Im Vorbeigehen fragte sich Martlett, ob Michael ihr das alles gekauft hatte. Er war stets großzügig gewesen, ja sogar extravagant.

Mit einem etwas unsicheren Gefühl ging Martlett den gepflasterten Weg hinauf und trat in das grüne Kamerafeld, das die Tür schimmernd umgab. Im Haus ertönte ein Gong, der Miss Bullard darauf aufmerksam machte, daß sie einen Besucher hatte; ein paar Augenblicke vergingen, dann war ein durchdringender Schrei zu hören.

Martlett spürte, wie auf seiner Stirn Schweiß ausbrach. Bevor er ganz in Panik geriet und sich umdrehen konnte, um das Weite zu suchen, ging die Tür auf, und Miss Sondra Bullard starrte ihn an. Sie trug Schwarz, was nicht verwunderlich war, und ihr Gesicht schien auffallend blaß. Sie war überdies eine ausgesprochene Schönheit, wie Martlett feststellte. Michael hatte stets einen erstklassigen Geschmack besessen.

»Sie sind – Michaels Bruder?«

»Richtig. Peter Martlett. Ich habe vorhin angerufen, wenn Sie sich erinnern.«

»Ja. Wollen Sie nicht hereinkommen?« Sie sprach mechanisch, mit Pausen zwischen jedem Wort.

Als er das Haus betreten hatte, sagte sie: »Sie – Sie sehen Ihrem Bruder sehr ähnlich, wissen Sie.«

»Das hat man mir schon oft gesagt.«

»Ich bin furchtbar erschrocken, als ich Sie auf dem Bildschirm sah.« Sie lachte beschwichtigend. »Ich dachte fast, Michael steht an der Tür. Dumm von mir, aber Sie beide hatten wirklich große Ähnlichkeit miteinander. Sind Sie Zwillinge gewesen?«

»Ich bin drei Jahre älter.«

»Oh.«

Nach einigen Augenblicken verlegenen Schweigens sagte das Mädchen: »Wollen Sie etwas trinken?«

»Ja, bitte. Etwas Mildes.«

Sie wählte für ihn einen gefilterten Rum und für sich einen großen Whisky mit Eis. Martlett schaute sich verstohlen um, während er trank. In die Einrichtung war viel Geld gesteckt worden, und es kam ihm so vor, als erkenne er die Hand seines Bruders in der Innendekoration – sein Geld natürlich ebenfalls. Für Augenblicke spürte er, wie Zorn in ihm aufstieg: Dieses Mädchen hatte Michael ausgenommen, dachte er.

O nein, kam sofort der innerliche Widerspruch. Michael war nicht der Mensch gewesen, sich von irgend jemandem ausnehmen zu lassen, auch nicht von Frauen.

Zögernd sagte er: »Minister Jansen hat mir erzählt, daß Sie Michael ziemlich gut gekannt haben.«

»Wir waren verlobt«, antwortete sie sofort.

Da Martlett gewarnt war, entfiel das überraschte Zusammenzucken.

»Seltsam, Michael hat mir nichts davon geschrieben. Kannten Sie ihn schon lange?«

»Sechs Monate. Verlobt haben wir uns vor neun Wochen. Wir

wollten in der ersten Juniwoche heiraten.« Ihre Unterlippe begann zu zittern. »Und dann – kam der Anruf – und man sagte mir –«

Eine Träne lief über ihre schöne Wange, und sie betupfte sie mit einem Taschentuch. Martlett fühlte sich unbehaglich. Das war beinahe so, als besuchte man eine junge Witwe! Sie trug ja auch Trauer.

»Ich weiß, wie Ihnen zumute sein muß, Miss – äh – Miss Bullard. Michael war ein wunderbarer Mensch – so dynamisch, so voller Leben –«

»Und jetzt ist er fort!« klagte sie. »Mit einem Schlag verschwunden, in einem anderen Kontinuum, wie es heißt. Vielleicht lebt er irgendwo auf einer entsetzlichen Welt ohne Luft!«

»Es heißt, daß das ein schneller und schmerzloser Tod ist«, meinte Martlett unsicher. Die Worte beruhigten sie nicht.

Aus der einzelnen Träne wurde ein Tränenstrom; ihre vorzüglich entwickelte Brust hob und senkte sich, von Schluchzern geschüttelt. Martlett beobachtete Miss Bullard und verzog bedrückt den Mund. Offene Gefühlsausbrüche waren schon immer eine Qual für ihn gewesen. Er empfand Trauer über das Hinscheiden seines Bruders, gewiß, aber er hatte sich nie so weit gehenlassen wie – wie –

Aber das Schluchzen wirkte ansteckend.

»Ich habe ihn geliebt«, stöhnte sie. »Und er ist fort! Fort!« Sie tastete blindlings nach Martlett, fand seine Schulter und überließ sich ihren Emotionen. Martlett spürte, wie seine Augen bei dem Gedanken an diese Frau, die ihr ganzes Leben auf seinen unbestreitbar hervorragenden Bruder ausgerichtet hatte und die jetzt nichts vor sich sah als völlige Leere, feucht wurden. Es dauerte nicht lange, und er weinte auch.

Sie schluchzten wechselseitig an der Schulter des anderen, eine Weile, dann legte sich der Aufruhr, sie richteten sich auf und sahen einander an.

Er bemerkte, daß ihre grauen Augen rotgerändert waren.

»Sie gleichen ihm so sehr«, murmelte sie. »Sie sind so hochgewachsen, so gutaussehend, so – verständnisvoll.«

Er fühlte, wie sein Gesicht rot anlief, und befeuchtete nervös seine Lippen. Das Leid schien aus ihren Zügen verschwunden zu sein und einer anderen Empfindung Platz gemacht zu haben – einer Empfindung, die Martlett in dreißigjährigem Junggesellendasein mit dem Geschick eines Experten zu erkennen gelernt hatte.

Er löste sich von ihr und stand auf.

»Ich muß Sie jetzt allein lassen, Miss Bullard. Es war ein schwerer Tag für mich, Sie verstehen. Aber ich will mich bemühen, Sie noch einmal zu besuchen, bevor ich zur Erde zurückkehre. Wir haben beide einen Menschen verloren, der uns sehr viel bedeutet hat. Gute Nacht, Miss Bullard.«

»Warum sagen Sie nicht Sondra zu mir?«

Er lächelte verlegen.

»Gute Nacht – Sondra.«

»Gute Nacht, Peter.«

In dieser Nacht schlief Martlett im Bett seines Bruders, einer Monstrosität von kaum glaubhaften Ausmaßen, mit rosarotem Samtbaldachin und eingebautem Tranquilophon zur Beruhigung und Einschläferung. Martlett wurde durch die murmelnden, wortlosen Geräusche des Tranquilophons nur abgelenkt, aber man konnte das Ding nicht abschalten, und er schlief endlich trotz der Störung ein. Er hatte merkwürdige Träume und erwachte am Morgen ziemlich unausgeschlafen.

Michaels Robobutler hatte eine Mahlzeit für ihn zubereitet, entdeckte Martlett. Er fragte sich, ob die Maschine wahrnahm, daß die im Haus befindliche Person nicht ihr Herr und Meister war. Vermutlich nicht; was den Robobutler anging, so sah die menschliche Person im Haus genau wie Mr. Martlett aus, sie trug denselben Namen, und damit war sie auch Mr. Martlett. Daß es sich um den falschen Mr. Martlett handelte, schien keine

Rolle zu spielen. Auf solche Feinheiten waren Robotergehirne nicht eingestellt.

Martlett aß nachdenklich auf der Terrasse über Michaels privatem See. Süße Düfte des Morgens wurden von der Brise zu ihm heraufgetragen. Michael hatte geschrieben, daß ›auf Marathon das ganze Jahr über Frühling ist‹, und damit hatte er nicht übertrieben. Obwohl Martlett zum erstenmal eine der kolonisierten Welten besuchte und vorher die Erde überhaupt noch nicht verlassen hatte, fiel es ihm schwer, sich einen Planeten vorzustellen, der wunderbarer sein konnte als dieser. Ein Jammer, daß er, sobald er seine Tätigkeit hier abgeschlossen hatte, auf die überfüllte, unordentliche Erde zurückkehren und sich wieder der ermüdenden Arbeit unterziehen mußte, sinnlose Schlager für das Fernsehen zu dichten.

Es wäre besser, hier in diesem ewigen Frühling zu bleiben . . .

Nein.

Er würgte den Gedanken sofort ab. Was immer er auch vorhatte, er dachte nicht daran, Kolonist auf Marathon zu werden. Sein Platz war auf der Erde. Mochten Eskapisten wie Michael auf diesen utopischen Planeten flüchten; hier herrschten zweifellos Trägheit und Lässigkeit vor, und nach wenigen Generationen würde die Degeneration alles erfaßt haben.

Der Butler kam auf die Terrasse geglitten, lautlos auf seinen Laufflächen.

»Ein Anruf für Sie, Herr.«

»Für mich? Kann ich ihn hier entgegennehmen?«

Der Roboter wirkte einen Augenblick lang verwirrt.

»Sie wissen doch, daß es hier keinen Anschluß gibt, Mr. Martlett?«

»Aber natürlich. Dumm von mir, so etwas zu vergessen!«

Er folgte dem Roboter ins Haus, zog den Morgenmantel enger um sich und betrat das Kamerafeld des Videophons. Auf dem Bildschirm zeigte sich das Gesicht einer Frau – ein sehr attraktives Gesicht, dachte Martlett, mit blauen Augen, umrahmt von glänzendem, blondem Haar.

»Guten Morgen«, sagte er mit tonloser, unverbindlicher Stimme.

»Oh – Sie sehen ihm ja so ähnlich!«

»Ja. Wir sahen beinahe wie Zwillinge aus«, sagte Martlett ein wenig gereizt. »Aber ich war drei Jahre vor ihm auf der Welt.«

»Dann müssen Sie Peter sein. Er hat mir viel von Ihnen erzählt!«

»So? Wie nett von ihm. Darf ich fragen, mit wem ich die Ehre habe –«

»Hat er Ihnen denn mein Foto nicht geschickt?«

Martlett zog die Brauen zusammen.

»Nicht, daß ich mich entsinne – und ich bin sicher, daß ich das nicht vergessen hätte. Er hat es offenbar nicht getan.«

»Seltsam«, sagte das Mädchen. »Er sagte, er schicke Ihnen ein Drei-D-Bild von mir. Ich bin Joanne Hastings.«

»Freut mich, Sie kennenzulernen, Miss Hastings«, sagte Martlett mechanisch und fragte sich im stillen, wer Joanne Hastings sein mochte.

Sie furchte ihre Stirn auf hübsche Weise.

»Ich sagte, Joanne Hastings. Wollen Sie behaupten, Michael hat auch davon nichts erwähnt? Offenbar, weil Sie meinen Namen gar nicht zu erkennen scheinen.«

Eine ominöse Vorahnung schnürte Martlett die Kehle zu. Mit gedämpfter Stimme sagte er: »Ich fürchte, Michael hat mir gar nichts von Ihnen mitgeteilt, Miss Hastings.«

»Sagen Sie Joanne zu mir. Ich bin – war – Michaels Verlobte. Wir wollten im Juni heiraten, verstehen Sie.«

»Oh. Oh, ja. Ja, ich verstehe, Miss Hastings. Sie und er – Sie wollten heiraten – im Juni –«

Marlett schloß für kurze Zeit die Augen, und das Bild Sondra Bullards glitt unaufgefordert an seinem inneren Auge vorbei. Sondra war brünett. Dieses Mädchen hier war blond. Und Michael war mit beiden verlobt gewesen.

Plötzlich begriff Martlett viele Dinge, die ihm bislang nicht klar gewesen waren. Er begriff, warum Michael die schicksalhafte Reise nach Thermopylae so plötzlich und überstürzt angetreten hatte. Daß sie zu einem tragischen Ende geführt hatte, war bedauerlich, dachte Martlett – aber der Entreiher hatte Michael immerhin aus einem ganz üblen Dilemma gerettet. Sowohl Joanne als auch Sondra machten den Eindruck, raubtierhafter Reaktionen nicht unfähig zu sein. Wenn Michael Thermopylae ungefährdet erreicht hätte, wären sie ihm sicherlich dorthin gefolgt – und von dort nach Mykene, von Mykene nach Theben, und von dort zu jeder anderen Welt, auf die Michael sich hätte flüchten wollen. Armer Michael! Die Leidgefühle in Martletts Innerem ließen etwas nach. Wäre Michael am Leben geblieben, dann hätte er niemals den Klauen der beiden Frauen entrinnen können, denen er sich unklugerweise gleichzeitig anverlobt hatte.

Mit Zartgefühl sagte Martlett: »Ich verstehe, Miss Hastings. Sein Tod muß ein schrecklicher Schlag für Sie sein. Wie für uns alle, versteht sich. Ich habe meinen Bruder sehr gern gehabt.«

Bevor er sein Gespräch mit Joanne Hastings beendete, ertappte er sich dabei, daß er eine Einladung zum Essen auf ihrer Ranch, achthundert Meilen südlich von hier, akzeptierte, und zwar für den nächsten Abend. Sie wollte sich mit ihm über Michael unterhalten, und es wäre unhöflich gewesen, sich zu weigern. Er beschloß aus Taktgefühl, nichts von der anderen Verlobten Michaels zu erwähnen, die am Vormittag anrief, während Martlett damit beschäftigt war, Michaels unbezahlte Rechnungen durchzuarbeiten und auf der Terrasse Schecks auszuschreiben. Er hatte schon die Hälfte erledigt, und die Ausgaben betrugen bis jetzt zweitausendfünfhundert Units. Seine grobe Schätzung über dreitausend Units war also unzutreffend gewesen. Michaels Symphonien würden aber immer Tantiemen abwerfen, sagte sich Martlett tröstend, als er, vom Roboter aufgefordert, über die Terrasse zum nächsten Videophonanschluß ging.

Sondra war untröstlich und einsam, schluchzte sie, und er solle sie zum Mittagessen besuchen.

»Sie erinnern mich so an Michael«, vertraute sie ihm an. »Als Sie gestern abend bei mir waren, kam es mir beinahe so vor, als sei er hier!«

Martlett mietete entgegenkommenderweise erneut ein Lufttaxi und flog zum Mittagessen zu ihr. Der Besuch zog sich bis zum Abend hin, und als der einzige, große, goldschimmernde Mond Marathons in Spiralen am Himmel aufgestiegen war, bestand sie darauf, daß er auch zum Abendessen blieb. Er begann zu spüren, daß es länger dauern mochte, Michaels Rechnungen auszugleichen, als er bis dahin angenommen hatte.

Es gelang ihm, sich am späten Abend freizumachen, und er flog tief in Gedanken versunken nach Hause. Das Mädchen schien vollauf bereit zu sein, ihn als Ersatz für Michael zu akzeptieren. Überaus bemerkenswert, dachte er. Gewiß, es gab eine große, beinahe unheimliche Ähnlichkeit, vor allem, wenn man den Altersunterschied bedachte, aber was die Persönlichkeit und den Charakter anging, so waren sein Bruder und er zwei gänzlich verschiedene Menschen. Michael war auffällig gewesen, witzig, spektakulär, sogar ein wenig sensationell; sein älterer Bruder neigte mehr zur Verinnerlichung und Nüchternheit, und die meisten Frauen Michaels hatten dementsprechend wenig Interesse an Peters Existenz gezeigt. Bei Sondra Bullard schien das allerdings ganz anders zu sein, dachte Martlett.

Und ebenso bei Joanne Hastings, wie er am folgenden Abend entdeckte, als er seine Verabredung zum Abendessen bei ihr einhielt. Er hatte den Tag mit Besprechungen verbracht, um Michaels Gläubiger kennenzulernen, Leute, die vergessen hatten, Minister Jansen die offenen Rechnungen vorzulegen, und die sich nun beeilten, bei Peter damit vorzusprechen.

Da wurden vierhundert Units für Klavierreparaturen verlangt, und weitere dreihundert für Notenpapier. Ein Spirituosen- und Weinhändler hatte Michael fünf Magnumflaschen

Champagner verkauft, importiert von der Erde, das Stück zu fünfzig Units. Und so weiter und so fort. Die Summe unter dem Strich erhöhte sich immer mehr; Martlett schätzte, daß er bereits in diesen zwei Tagen nahezu fünftausend Units an die Gläubiger seines verstorbenen Bruders ausbezahlt hatte, und ein Ende war noch nicht abzusehen. Er fragte sich, wie lange es dauern würde, bis fünftausend Units an Tantiemen verdient waren, ganz zu schweigen von den weiteren neunhundert, die es ihn gekostet hatte, sich auf diesen Planeten transportieren zu lassen.

Er war in einem düsteren Gemütszustand, als er Joanne Hastings' Ranch erreichte, aber sie brachte ihn bald auf andere Gedanken. Sie begrüßte ihn, bekleidet mit einem fröhlichen und knappen Plastispray-Kleid, das von ihrem kürzlichen Verlust nichts ahnen ließ, und auf dem Tablett im tieferliegenden Wohnzimmer standen Cocktails bereit.

»Sie sind Michael ja *so* ähnlich«, sagte sie. »Sie haben die gleichen schwarzen Augen, das gleiche ungebändigte Haar, das gleiche Lächeln –«

»Vielen Dank«, sagte Martlett nervös. Er kannte solche Situationen, redete sich aber dumpf ein, daß er nicht Michael war, was immer diese merkwürdigen Frauen auch denken mochten.

»Seltsam, daß Michael Ihnen von seinen Heiratsplänen nichts gesagt hat«, meinte sie.

»Er hat sich mir nicht sehr oft anvertraut«, erwiderte Martlett. »Jedenfalls nicht in solchen Angelegenheiten.«

»Am achten Juni wäre die Hochzeit gewesen.« Sie seufzte. »Nun, jetzt wird sie nie mehr stattfinden. ›Mrs. Martlett‹ . . . Wissen Sie, ich habe stundenlang meine neue Unterschrift geübt! Aber – jetzt –«

In Martletts Kehle bildete sich ein Kloß. Sie wirkte so resigniert, so beherrscht, und trotzdem konnte er hinter der äußeren Maske deutlich erkennen, wie nah ihr der Verlust ihres Verlobten gegangen war.

»Wenn ich nur etwas für Sie tun könnte, Miss Hastings«, sagte er gepreßt.

»Joanne.«

»Joanne. Aber ich kann Michael nicht zurückholen, nicht wahr?«

»Nein«, gab sie zu, nachdem sie eine Weile ernst nachgedacht hatte. »Nein, das können Sie nicht! Soviel Begabung, und mit einem Schlag ist alles vorbei! Was für eine Verschwendung!«

»Ja«, sagte er traurig. »Was für eine Verschwendung.«

Sie rückte auf dem Sofa ein bißchen näher an ihn heran, und er sagte sich, daß es unhöflich gewesen wäre, wegzurücken.

»Sie sind Michael ja so ähnlich, mein Lieber.«

Mein Lieber? dachte er. Wie sollte das weitergehen?

»Sie sind aufgeregt, Miss – Joanne«, sagte er. »Ich gieße Ihnen noch etwas zu trinken ein.«

»Ja, bitte.« Sie rückte noch näher. »Und für Sie auch.«

Aus irgendeinem Grund war es gar nicht verwunderlich, als er entdeckte, daß sie die Arme um ihn gelegt hatte und sich auf eine solche Weise heranschob, daß ihm nichts anderes übrigblieb als sie zu küssen.

In den nächsten Tagen konnte Martlett erkennen, daß sich ein deutliches Schema abzeichnete, und das erschreckte ihn. Es verging kein einziger Tag ohne einen Anruf von einer oder der beiden Verlobten Michaels, die ihn zum Essen einluden. Und er war von seiner Natur her einfach zu höflich, um sich zu einer Ablehnung durchringen zu können.

Während er aber seine Tage damit verbrachte, Michaels Rechnungen zu bezahlen – der Gesamtbetrag war auf siebentausendfünfhundert Units geklettert, und noch immer marschierten die Gläubiger in Scharen auf –, und seine Abende damit, bei Michaels Verlobten Cocktails zu schlürfen, ging ihm auf, was sich da abspielte. Beide Mädchen – keine ahnte auch nur das Geringste von der anderen – hatten offenkundig beschlossen, wenn sie schon nicht Michael haben konnten, dann eben ganz einfach Michaels Bruder zu nehmen. Martlett war für sie ein annehmbarer

Ersatz. Beide woben ein Netz für ihn und hofften, ihn in den Ehestand locken zu können, dem er sich dreißig Jahre hintereinander so erfolgreich hatte entziehen können.

Der Gedanke erschreckte ihn zutiefst.

Er war nach Marathon gekommen, um Michael zu begraben, nicht, um seine Verlobten zu erben. Es war sein Plan gewesen, Michaels finanzielle Angelegenheiten zu regeln, nicht seine romantischen. Er rechnete hoffnungsvoll damit, in ein oder zwei Wochen zur Erde zurückkehren zu können, nach wie vor ein freier und lediger Mann. Aber die beiden Mädchen schienen entschlossen, ihn nicht mehr freizugeben. Mit jedem Tag achteten sie weniger darauf, ihre wahren Absichten zu verbergen.

»Bestehst du immer noch darauf, zur Erde zurückzukehren, wenn du Michaels Rechnungen alle erledigt hast?« fragte Sondra.

»Ich habe nur zwei Wochen Urlaub. Ich –«

»Aber du kannst deinem Arbeitgeber doch mitteilen, daß du nicht zurückkommst. Auf Marathon gibt es sicher auch eine Werbeagentur, wo du arbeiten kannst. Und wir könnten in Michaels Villa wohnen –«

»Wir?«

Sie wurde rot.

»Verzeih, Liebling. Das ist mir so herausgerutscht. Trink noch einen Martini, Peter. Der Wermut von Deneb ist wirklich großartig.«

Acht Stunden danach war er tausend Meilen entfernt und trank in Joanne Hastings' marmorverkleidetem Atrium Kognak. Er hatte Sondras immer drängendere Vorschläge mit vagem Ausweichen und gemurmelten Ausreden beantwortet, aber jetzt sagte Joanne: »Peter, Liebster, du willst doch nicht wirklich zur Erde zurück, oder?«

»Sobald ich mit der Arbeit fertig bin, die zu leisten ich hergekommen bin«, sagte er so sachlich, wie ihm das beim Alkoholkonsum dieses Tages noch möglich war.

»Nämlich?«

»Sozusagen die losen Fäden von Michaels Existenz aufzufangen und zu ordnen«, meinte er.

Ihre zarten Brauen hoben sich eine Spur.

»Aber – ich bin auch einer von Michaels losen Fäden, Liebling!«

Martlett seufzte erschöpft.

»Sprechen wir jetzt nicht darüber, Joanne. Leg das Band mit Michaels Symphonie auf, ja?«

Am Mittag des neunten Tages seines Aufenthalts auf Marathon hatte Peter Martlett endlich wenigstens die Aufgabe bewältigt, die Angelegenheiten des verstorbenen Michael Martlett zu regeln. Sämtliche Rechnungen waren bezahlt, einschließlich einer Hypothekenabschlagszahlung von dreitausend Units auf Michaels Villa; der Gesamtschaden belief sich auf knapp vierzehntausend Units, womit Martletts Ersparnisse zur Gänze aufgezehrt waren. Michaels Bank hatte ihm die tröstliche Mitteilung machen können, daß er von Michaels musikalischen Werken jährlich ein Einkommen zwischen zehn- und fünfzehntausend Units zu erwarten hatte; der Ruhm eines Komponisten mehrte sich nach seinem Tod stets um ein Beträchtliches, und in Michaels Fall mußten die tragischen Umstände seines Todes erst recht zu einer enormen Nachfrage in der gesamten Galaxis führen.

Bevor er abreiste, war nur noch die Angelegenheit mit Michaels Verlobten zu regeln.

Martletts ethisches Innere zuckte vor dem Gedanken zurück, ohne jedes Lebewohl einfach das Weite zu suchen und sich mit dem Entreiher zur Erde zurückverfrachten zu lassen, aber er wußte, daß das die einzige mögliche Lösung war. Wenn er das Risiko einging, die eine oder andere oder beide darüber zu unterrichten, daß er abreisen wollte, konnte er davon überzeugt sein, daß sie ihre ganzen Künste anwenden und dafür sorgen würden, daß er noch eine Weile länger auf Marathon blieb.

Weiber! dachte er mürrisch. Sie schieben Emotionen als Köder auf ihre Angelhaken und beobachten, wie wir uns winden, wenn wir gefangen sind.

Wenn er mit ihnen sprach, würden sie gewiß in der Lage sein, ihn zum Hierbleiben zu bewegen. Und wenn er blieb, würde sich unweigerlich die Frage nach einer Eheschließung erheben. Und – die Logik zwang unerbittlich zu diesen Überlegungen – das eine oder andere Mädchen würde eine bittere Enttäuschung erleben, während ihm selbst der totale Verlust seiner Freiheit bevorstand.

Er sah ganz klar, weshalb Michael sich entschlossen hatte, nach Thermopylae zu entkommen. Der Glückspilz Michael war aber unterwegs spurlos verschwunden! Er war beiden Frauen für immer entkommen. Und, wie so oft in der Vergangenheit, war es der große Bruder, der sich mit den Konsequenzen auseinandersetzen mußte.

Er überdachte die Lage einige Zeit. Das einzig Gentlemanhafte – nein, es gab hier nichts Gentlemanhaftes. Er saß mit beiden Frauen seines Bruders da, und alles, was er unter diesen Umständen tun konnte, war, davonzulaufen, und zwar schnell. Es war besser, beide sitzenzulassen als nur eine, dachte er; auf diese Weise würden sie beide nicht erfahren, daß es die ganze Zeit über eine Rivalin gegeben hatte.

Nach gründlicher Überlegung rief er Minister Jansen an und erklärte: »Ich bin mit der Arbeit fertig. Alle Schulden meines Bruders sind bezahlt, und ich habe für die Verteilung seiner persönlichen Besitztümer gesorgt.«

»Freut mich, das zu hören. Wir sind froh, daß Sie die Reise haben unternehmen können. Hoffentlich hat es Ihnen auf Marathon gefallen.«

»Aber gewiß«, erwiderte Martlett. »Ein herrlicher Planet. Aber auf der Erde wartet mein Beruf auf mich. Wann kann ich mit der Rückreise rechnen?«

»Sie haben Glück – um Mitternacht fliegt ein Schiff zur Erde. Sie können bis elf Uhr jederzeit kommen, sich in das Entreihungsgerät begeben und an Bord gebracht werden.«

»Ich werde dasein«, sagte Martlett.

Er schaltete ab und spürte ein dumpfes Schuldgefühl. Na schön, dann bin ich eben ein Halunke, dachte er. Ich habe sie nicht gebeten, sich in mich zu verlieben. Außerdem lieben sie gar nicht mich, sondern nur Michaels Abbild.

Er war mit der Arbeit, sein dürftiges Gepäck zusammenzustellen, halb fertig, als der Gong ertönte. Er schaltete die Anlage ein und sah betroffen das lange, blonde Haar von Joanne Hastings – in drei Dimensionen und in natürlicher Farbe.

»Peter – ich höre, daß du abreist!«

»Wie kommst du denn darauf?«

»Versuch nicht so zu tun, als sei das nicht wahr! Ich – ich habe meine Informationsquellen. Peter, Liebling, warum gehst du fort?«

»Ich habe es dir doch gesagt«, erklärte er, mit nur bescheidenem Erfolg bemüht, seiner Stimme Härte zu verleihen. »Ich lebe auf der Erde und bin kein Kolonist. Ich fahre nach Hause.«

»Dann komme ich mit! Liebling, warte auf mich! Nimm mich mit auf die Erde – ich will deine Sklavin sein! Ich mache mich gleich auf den Weg. In einer halben Stunde bin ich bei dir. Stoß mich nicht zurück, Peter. Ich kann es nicht ertragen, dich zu verlieren.«

Martlett riß die Augen auf und versuchte zu antworten, aber bevor er ein Wort herausbrachte, hatte sie die Verbindung unterbrochen. Er starrte einen Augenblick lang dumpf auf den leeren Bildschirm, wie von einem Axthieb betäubt. Sie kam zu ihm? In einer halben Stunde? Aber –

Der Videophon-Gong tönte wieder.

Mit gefühllosen Fingern schaltete er ein und verfolgte, wie die Züge Sondra Bullards sich aus dem elektronischen Nebel zusammensetzten. Sie habe erfahren, daß er abreisen wolle, sagte sie, und sie flehte ihn an, es sich anders zu überlegen.

»Geh nicht fort«, flehte sie. »Bleib, wo du bist. Ich bin schon unterwegs. Ich muß dich unter vier Augen sprechen. In einer halben Stunde bin ich bei dir. Ich liebe dich, Peter.«

»In einer halben Stunde? Halt! Sondra –«

Zu spät. Der Bildschirm war schon wieder dunkel.

Martlett stand da wie angewurzelt und versuchte immer noch, Ordnung in das Gewirr von Gedankenfetzen zu bringen, das durch sein betäubtes Gehirn jagte. Sie hatten beide erfahren, daß er abreisen wollte; das bedeutete, daß höchstwahrscheinlich beide, eine weitere Flucht à la Michael befürchtend, irgendeinen Untergebenen des Ministers dazu bewogen hatten, sie sofort zu verständigen, wenn er im Begriff stehen sollte, Marathon hinter sich zu lassen.

Und sie waren auf dem Weg hierher, um ihn zu einer Sinnesänderung zu bewegen. Joanne würde in einer halben Stunde hier sein. Sondra würde in einer halben Stunde hier sein. Das hieß –

Er wußte, was das bedeutete. Sie würden beide in einer halben Stunde hier sein. Sie befanden sich auf Kollisionskurs. Und wenn sie zusammentrafen, würde sehr rasch die kritische Phase erreicht sein.

Tja, dachte er voller Verzweiflung, es gab noch immer einen klaren Weg zur Sicherheit. Er brauchte nur eines zu tun, nämlich sich sofort in der Entreihungsanlage zu melden und sich bis zum Abflug um Mitternacht im Henderson-Feld verstauen zu lassen. Was ihn betraf, so würde die abgelaufene Zeit dieselbe sein – nur wenige Sekunden – und er könnte sich damit dem Zugriff dieser unbeirrt zum Traualtar strebenden Mädchen entziehen.

Martlett lächelte. Ja, dachte er, genau das mache ich!

Er befahl dem Butler, den Luftwagen für einen Flug zur Innenstadt zu holen. Und in der Zwischenzeit kann ich sogar noch einen Schluck trinken, dachte er. Damit sich meine Nerven ein bißchen beruhigen. Ich habe zweitausend Units für Michaels Spirituosenrechnungen bezahlt, also kann ich mir wohl mal einen Schluck genehmigen.

Auf der anderen Seite waren Barschrank und Wählbar untergebracht. Martlett hüpfte beinahe fröhlich hinüber und drückte auf die Tasten für einen doppelten Bourbon-Whisky. Nichts rührte sich. Plötzlich fiel ihm ein, daß er angeordnet hatte, die Anlage an diesem Morgen abzuschalten.

Achselzuckend öffnete er die getäfelte Tür des Barschranks und griff hinein, um eine der Flaschen herauszuholen. Es war dunkel und staubig im Schrank; er suchte herum, fand endlich etwas –

Er zog es heraus.

Was herauskam, war keine Flasche. Er hatte einen Hebel an einem würfelförmigen, schwarzemaillierten Behälter betätigt, und Behälter samt Hebel rutschten plötzlich aus dem Schrank. Er ließ den Hebel los und zuckte zurück. Der Behälter war aufgeklappt.

»Verdammt«, sagte eine seltsam vertraute Stimme. »So bald?«

Der Behälter dehnte sich plötzlich aus. Martlett wich weiter zurück, und im selben Augenblick trat ein Mann aus dem Behälter, reckte sich, als sei er lange Zeit zusammengekrümmt gewesen, und stand endlich auf. Er war hochgewachsen – etwa so groß wie Martlett. Er hatte ungebändigtes, braunes Haar, ein verschmitztes Lächeln und an den Augen viele kleine Lachfältchen.

Er hätte beinahe Martletts Zwillingsbruder sein können.

Er war tatsächlich Martletts jüngerer Bruder.

Er lachte belustigt und sagte: »Na, Peter – du bist eigentlich der letzte, von dem ich erwartet habe, daß ich ihn hier treffe!«

Martlett wich erschrocken zurück.

»Michael! Du – lebst?«

»Und wie, lieber Bruder. Könntest du mir vielleicht sagen, welches Jahr wir haben?«

»2209«, sagte Martlett schwach. »Den 20. April.«

»Ha! Diese Weiber! Nicht einmal zwei Monate, und schon bin ich vergessen! Puh, hier ist es aber staubig. Was machst du denn auf Marathon, Alter?«

Mit eisiger Stimme sagte Martlett: »Nachdem man dich juristisch für tot erklärt hatte, bin ich nach Marathon gerufen worden, um als Testamentsvollstrecker zu fungieren, Michael. Ich habe an die vierzehntausend Units bezahlt, die du schuldig gewesen bist. Und jetzt stellt sich heraus, daß du lebst! Was – wie –«

»Du hältst es sicher für undankbar von mir, daß ich ins Leben zurückgekehrt bin?« Michael grinste. »Wirklich nett von dir, daß du meine Schulden beglichen hast, Peter. Die Sache da hat mich einiges gekostet, und ich habe die Händler leider eine Weile hingehalten.«

»Was für eine Sache? Wovon redest du überhaupt?«

»Na, von dem privaten Entreiher, den ich habe bauen lassen, versteht sich!«

Martlett preßte die Hände an die Schläfen. Er fühlte sich dem Wahnsinn nahe; das plötzliche Erscheinen seines Bruders, die drohende Ankunft der beiden Mädchen, die vierzehntausend Units, alles schien sich in einem wilden Tanz um ihn zu drehen. Mit dumpfer Stimme sagte er: »Würdest du mir das vielleicht erklären, Michael?«

»Gewiß. Da waren diese Mädchen, weißt du – Joanne, die Blondine, und Sondra, die Brünette.«

»Ja, ich weiß.«

»Wunderschön, die beiden, nicht? Jedenfalls unterlief es mir mit meiner gewohnten Nachlässigkeit, daß ich auf einmal mit beiden gleichzeitig verlobt war. Eine unangenehme Situation; sie schworen beide, mir bis zum Ende des Universums zu folgen et cetera, das Übliche eben. Verdammt hartnäckig, die beiden Damen.«

»Das weiß ich auch«, sagte Martlett.

»Wirklich? Na, um es kurz zu machen«, fuhr Michael fort, »ich hielt es für angebracht, zu verschwinden. Ich beauftragte eine Person, alles zu arrangieren, gegen Honorar, versteht sich. Der Betreffende richtete es so ein, daß der Anschein erweckt wurde, ich wäre unterwegs nach Thermopylae oder zu irgendeinem anderen Planeten in diesem System auf schreckliche Weise verschwunden, obwohl ich die Reise gar nicht einmal angetreten hatte! Ich kam in den Entreiher und dann in meinen eigenen

Barschrank, verstehst du, gekühlt gelagert, ohne Bewußtsein für den Ablauf der Zeit. Das Ding war mit einem Zeitauslöser versehen, der mich nach fünf objektiven Jahren freigeben sollte – aber darüber mußt du doch Bescheid wissen?«

»Ganz im Gegenteil. Mir ist das völlig neu.«

»Aber es war vereinbart, daß mein Gehilfe ein Auge auf die beiden Mädchen haben würde, und wenn sie beide verheiratet waren, bevor die fünf Jahre abgelaufen sein mochten, sollte er vorbeikommen und mich gleich aus dem Entreiherfeld befreien. Und da du mich herausgeholt hast, ist doch offenkundig –«

»Nein«, sagte Martlett. »Ich habe dich aus Versehen aus dem Barschrank geholt. Ich dachte, du bist tot.«

»Aber ich war doch nur zwei Monate im Schrank. Und die Mädchen – ?«

»Noch immer ledig. Alle beide.«

Michaels Gesicht wurde kreidebleich, und er nagte an seiner Unterlippe.

»Ach, Peter, du machst doch immer und überall Murks! Du –«

»Es ist noch viel schlimmer«, unterbrach ihn Martlett. »Sie sind beide unterwegs hierher. Sie haben beschlossen, mich zu heiraten, solange du nicht zur Verfügung stehst. Sie werden in –« er schaute auf die Uhr, »– in etwa vier Minuten hier sein, es sei denn, sie sind noch etwas früher dran.«

Michael schien von einem elektrischen Schlag getroffen worden zu sein, so begann er zu zappeln.

»Dann aber schnell! Ich muß hier weg! Wenn sie mich lebendig finden, reißen sie mich in Stücke!«

Der Butler rollte plötzlich in das Wohnzimmer. Er warf verwirrt Blicke auf die beiden Martlett-Brüder, und während es in seinem Inneren zu rasseln und zu klappern begann, verkündete er: »Zwei Damen sind eben eingetroffen und möchten Mr. Martlett sprechen.«

»Sag ihnen, ich bin nicht zu Hause!« schrien Michael Martlett und sein Bruder gleichzeitig.

»Sie bestehen darauf, vorgelassen zu werden«, erwiderte der Butler.

Michael packte verzweifelt den Ärmel seines Bruders.

»Was machen wir bloß?«

Die Außentüren gingen auf. Draußen waren erregte Frauenstimmen zu hören.

»Laß sie nicht herein«, befahl Michael dem Roboter. Aber der Schock, seinen Herrn in doppelter Ausgabe zu erblicken, hatte dem Roboter einen schweren Defekt zugefügt; er lallte unverständliches Zeug vor sich hin und reagierte nicht.

Peter Martlett sagte schwerfällig und niedergeschlagen: »Ich glaube, wir werden sie heiraten müssen. Zuerst erklären wir ihnen alles – wir behaupten, daß du wie durch ein Wunder in das richtige Kontinuum zurückgeschleudert worden bist –, und dann heiraten wir sie. Wir können nicht entkommen, Michael. Und es hätte schlimmer kommen können. Wenn man sie so ansieht –«

Die Stimmen kamen näher.

»Ich glaube, du hast recht«, sagte Michael. Sein jungenhaftes Gesicht war gealtert. »Aber – guter Gott, Peter – *wer heiratet wen?*«

»Spielt das eine Rolle?« fragte Martlett achselzuckend. »Wir können ja eine Münze werfen.«

Sie vernahmen Sätze: »Peter, Liebling, bist du da?« Und: »Wer ist diese schreckliche Frau, Peter?«

Peter sah seinen Bruder an. Es war das erstemal, daß er ihn vor Furcht buchstäblich schlottern sah.

»Nimm dich zusammen«, murmelte er. »So schlimm kann es doch nicht sein, wenn du erst einmal alles erklärt hast.«

»Erklär du es«, sagte Michael. »Ich trau' mich nicht.«

»Du wirst dich trauen«, sagte Peter. »Du hast uns die ganze Suppe eingebrockt, du mit deinem privaten Entreihungsgerät.«

Und es gab kein Entkommen, dachte er, als er zu der Tür hinüberschaute, wo die beiden Mädchen eben im Begriff standen, hereinzustürmen. Sie saßen endgültig in der Falle. Man mußte das Beste daraus machen, das war alles.

Schulter an Schulter behaupteten die Gebrüder Martlett ihren Platz und erwarteten resigniert die Erstürmung ihrer Schanzen durch den Gegner.

Die Unsichtbaren

Und dann wurde ich schuldig gesprochen und für unsichtbar erklärt, für die Zeitspanne eines Jahres, beginnend am elften Mai im Jahre des Heils 2104, und ich wurde in einen dunklen Raum unter dem Gerichtsgebäude gebracht, damit man das Zeichen auf meiner Stirn anbringen konnte, bevor ich freigelassen wurde.

Zwei von der Stadtverwaltung bezahlte Rohlinge übernahmen das. Der eine stieß mich auf einen Stuhl, und der andere hob das Brandeisen.

»Tut überhaupt nicht weh«, sagte der Gorilla mit dem massiven Kinn und drückte das Brandeisen auf meine Stirn, und einen Augenblick fühlte es sich kühl an, und das war alles.

»Was passiert jetzt?« fragte ich.

Aber ich bekam keine Antwort; sie wandten sich von mir ab und verließen wortlos den Raum. Die Tür blieb offen. Ich konnte gehen oder bleiben und hier verrotten, ganz, wie es mir beliebte. Niemand würde mit mir sprechen oder mehr als einen Blick auf mich verschwenden, der nur eben so lange dauerte, bis das Mal auf meiner Stirn erkannt war. Ich war unsichtbar.

Man muß sich darüber im klaren sein, daß meine Unsichtbarkeit rein bildlich zu verstehen ist. Ich verfügte nach wie vor über körperliche Festigkeit. Die Leute *konnten* mich sehen – aber sie *wollten* mich nicht sehen.

Eine absurde Bestrafung? Mag sein. Aber auch das Verbrechen war ja absurd. Das Verbrechen der Kälte. Die Weigerung, mein Herz für einen Mitmenschen zu öffnen. Ich war schon dreimal straffällig geworden. Beim viertenmal, also jetzt, wurde man mit einem Jahr Unsichtbarkeit bestraft. Die Klage war erhoben, der Prozeß durchgeführt, das Brandmal angebracht worden.

Ich war unsichtbar.

Ich ging hinaus, hinaus in die Welt der Wärme.

Der Nachmittagsregen hatte schon stattgefunden. Die Straßen

der Stadt trockneten bereits wieder, und in den Hängenden Gärten roch es nach frischem Wachstum. Männer und Frauen gingen ihren Angelegenheiten nach. Ich mischte mich unter sie, aber sie nahmen keine Notiz von mir.

Die Strafe dafür, mit einem Unsichtbaren zu sprechen, ist Unsichtbarkeit, zwischen einem Monat und einem Jahr oder länger, je nach Schwere des Verstoßes. Darauf beruht das Ganze. Ich fragte mich, wie streng man sich an die Vorschrift halten würde.

Ich kam bald dahinter.

Ich trat in einen Liftschacht und ließ mich in Spiralen zum nächstgelegenen der Hängenden Gärten emportragen. Es war Elf, der Kaktusgarten, und die knorrigen, bizarren Formen entsprachen meiner Stimmung. Ich trat auf die Stationsplattform hinaus und ging zum Schalter, um meine Eintrittsmarke zu kaufen. Eine Frau mit teigigem Gesicht und leeren Augen saß am Schalter.

Ich legte meine Münze hin. Etwas, das nach Angst aussah, stieg in ihre Augen hoch und verblaßte schnell wieder.

»Einmal Eintritt«, sagte ich.

Keine Antwort. Hinter mir stellten sich Leute an. Ich wiederholte meine Bitte. Die Frau sah hilflos auf und starrte dann über meine linke Schulter hinweg. Eine Hand tauchte neben mir auf, eine zweite Münze wurde auf das Zahlbrett gelegt. Sie griff danach und gab dem Mann seine Eintrittsmarke. Er steckte sie in den Schlitz und betrat das Gelände.

»Geben Sie mir eine Marke«, sagte ich scharf.

Andere Leute drängten mich weg. Kein Wort der Entschuldigung. Ich begann zu ahnen, was es mit meiner Unsichtbarkeit auf sich hatte. Man behandelte mich buchstäblich so, als könne man mich nicht sehen.

Es gibt andererseits auch Vorteile dabei. Ich ging hinter die Schalterwand und nahm mir eine Marke, ohne dafür zu bezahlen. Da ich unsichtbar war, konnte man mich nicht aufhalten. Ich steckte die Marke in den Schlitz und betrat den Garten.

Aber die Kakteen langweilten mich. Ein unerklärliches Unbehagen legte sich über mich, und ich verspürte keine Lust, zu bleiben. Auf dem Hinausweg drückte ich den Finger auf einen hochragenden Stachel, so daß ein Blutstropfen hervortrat. Wenigstens der Kaktus bestätigte also noch mein Vorhandensein. Aber nur, um mir Blut abzuzapfen.

Ich kehrte in meine Wohnung zurück. Meine Bücher warteten auf mich, aber ich empfand kein Interesse für sie. Ich lag auf meinem schmalen Bett und schaltete den Energiespender ein, um die seltsame Mattheit zu bekämpfen, die mich zu lähmen schien. Ich dachte über meine Unsichtbarkeit nach.

Ein so entsetzliches Ungemach würde es auch nicht sein, sagte ich mir. Ich war von anderen menschlichen Wesen nie übermäßig abhängig gewesen. Ja, war ich nicht überhaupt wegen meiner Kälte den Mitmenschen gegenüber verurteilt worden? Wozu brauchte ich sie dann jetzt? Sollten sie mich doch ignorieren!

Es würde erholsam werden. Ich hatte ein Jahr Urlaub von meiner Arbeit, das war immerhin etwas. Unsichtbare arbeiten nicht. Wie denn auch? Wer würde zu einem unsichtbaren Arzt gehen, um sich behandeln zu lassen, oder einen unsichtbaren Rechtsanwalt beauftragen, ihn zu vertreten, oder einem unsichtbaren Büroangestellten ein Dokument übergeben? Also keine Arbeit. Natürlich auch kein Einkommen. Aber Vermieter nahmen von unsichtbaren Menschen kein Geld an. Unsichtbare Personen gingen hin, wo sie wollten, ohne Kosten. Das hatte ich in den Hängenden Gärten soeben bewiesen.

Die Unsichtbarkeit würde auf die Gesellschaft selbst zurückschlagen, das spürte ich. Man hatte mich zu nichts Schlimmerem als einer Ruhekur von Jahresdauer verurteilt. Ich würde sie ganz bestimmt genießen.

Aber es gab bestimmte Nachteile im Praktischen. Am ersten Abend meiner Unsichtbarkeit ging ich in das beste Restaurant der Stadt. Ich gedachte die hervorragendsten Speisen zu bestellen, eine Mahlzeit für hundert Krediteinheiten, um dann bei Vorlage der Rechnung einfach zu verschwinden.

Ich hatte das nicht genügend durchdacht. Ich bekam gar keinen Platz. Ich stand eine halbe Stunde am Eingang, immer und immer wieder vom Maître d'hôtel übergangen, der solche Dinge offenkundig schon oft erlebt hatte. Selbst wenn ich mich an einen Tisch setzte, war nichts gewonnen, wie ich bald einsah. Kein Kellner würde meine Bestellung aufnehmen.

Ich konnte in die Küche gehen. Ich konnte mir nehmen, was mir gefiel. Ich konnte den ganzen Betrieb des Lokals durcheinanderbringen. Aber ich entschied mich dagegen. Die Gesellschaft hatte ihre Methoden, sich gegen die Unsichtbaren abzusichern. Es konnte natürlich keine unmittelbare Vergeltung geben, keine zielbewußte Abwehr. Aber wer vermochte die Behauptung eines Küchenchefs zu widerlegen, daß er niemanden vor sich hatte stehen sehen, als er einen Topf voll siedendem Wasser an die Wand geschleudert habe? Unsichtbarkeit war Unsichtbarkeit, ein zweischneidiges Schwert.

Ich verließ das Restaurant.

Ich aß in einem Automatenrestaurant in der Nähe. Dann fuhr ich mit einem automatischen Taxi nach Hause. Die Maschinen diskriminierten mich und meinesgleichen so wenig wie die Kakteen. Ich begann aber zu spüren, daß sie ein ganzes Jahr lang dürftige Gesellschafter sein würden.

Ich schlief schlecht.

Der zweite Tag meiner Unsichtbarkeit war ein Tag weiterer Versuche und Entdeckungen.

Ich machte einen langen Spaziergang und achtete sorgfältig darauf, auf den Fußgängerwegen zu bleiben. Ich hatte oft genug von den jungen Männern gehört, die sich einen Spaß daraus machen, diejenigen zu überfahren, die das Mal der Unsichtbarkeit auf ihrer Stirn tragen. Auch hier gibt es keinen Anspruch gegen sie, keine Strafen. Mein Zustand ist nun mal nicht ungefährlich.

Ich ging durch die Straßen und beobachtete, wie sich in den Strömen von Menschen Gassen für mich auftaten. Ich durchschnitt sie, wie das Mikrotom Zellen durchtrennt. Sie waren gut abgerichtet.

Mittags sah ich meinen ersten Leidensgenossen. Er war ein hochgewachsener, älterer Mann, breit und würdevoll, der das Mal der Schande auf einer hohen, ausdrucksvollen Stirn trug. Sein Blick begegnete dem meinen nur für Bruchteile einer Sekunde, dann ging der Mann weiter. Ein Unsichtbarer kann natürlich keinen von seiner eigenen Sorte sehen.

Ich war belustigt, nicht mehr. Ich genoß noch immer die Neuartigkeit dieser Lebensweise. Mich konnte keine Kränkung schmerzen. Noch nicht.

Später an diesem Tag gelangte ich zu einem jener Badehäuser, wo berufstätige Mädchen sich gegen Entrichtung von zwei kleinen Münzen säubern können. Ich lächelte boshaft und stieg die Stufen hinauf. Der Mann an der Tür warf mir einen erstaunten Blick zu – nicht mehr als ein sofort wieder unterbundener Ansatz, ein kleiner Triumph für mich –, er wagte aber nicht, mich aufzuhalten.

Ich trat ein.

Ein überwältigender Geruch nach Seife und Schweiß empfing mich. Ich ging trotzdem weiter. Ich kam vorbei an Umkleideräumen, wo lange Reihen grauer Kittel hingen, und ich kam auf den Gedanken, daß ich mir alles Geld aus den Kitteln nehmen konnte, aber ich tat es nicht. Diebstahl verliert seinen Sinn, wenn er zu einfach gemacht wird, wie die klugen Leute, die auf den Gedanken mit der Unsichtbarkeit gekommen sind, genau gewußt haben.

Ich ging weiter und betrat die Baderäume.

Hunderte von Frauen hielten sich dort auf. Junge, biegsame Mädchen, müde Frauen, alte Weiber. Manche wurden rot. Ein paar lächelten. Viele drehten mir den Rücken zu. Aber sie achteten alle sorgfältig darauf, nicht auf meine Anwesenheit zu reagieren. Aufseherinnen, meist ältere Frauen mit grauen Haaren, hielten Wache, und wer wußte, ob man nicht angezeigt wurde, weil man von der Existenz eines Unsichtbaren Kenntnis genommen hatte?

So sah ich ihnen zu, wie sie badeten, sah fünfhundert Paare hüpfender Brüste, beobachtete, wie nackte Leiber unter den Duschstrahlen glänzten, starrte diese ungeheure Masse nackten, weiblichen Fleisches an. Meine Reaktion war konfuser Art, ein Gefühl verworfener Errungenschaft, ohne aufgehalten zu werden in dieses Allerheiligste eingedrungen zu sein, und dann, ganz langsam in mir aufsteigend, ein Gefühl der – war es Trauer? Langeweile? Ekel?

Ich vermochte es nicht zu analysieren. Aber es fühlte sich so an, als habe eine feuchtkalte Hand meine Kehle umklammert. Ich verließ das Haus schnell. Noch Stunden danach hatte ich den Geruch von Seifenwasser in der Nase, und in dieser Nacht geisterte der Anblick rosigen Fleischs durch meine Träume. Ich aß allein, in einem der automatischen Speiselokale. Ich begann zu begreifen, daß der Reiz der Neuheit an dieser Bestrafung schnell verlorenging.

In der dritten Woche wurde ich krank. Es begann mit hohem Fieber, dann kamen Magenkrämpfe dazu, Erbrechen, all die anderen, scheußlichen Symptome. Gegen Mitternacht war ich davon überzeugt, sterben zu müssen. Die Krämpfe wurden unerträglich, und als ich mich in die Toilettenzelle schleppte, sah ich mein Gesicht im Spiegel verzerrt, grünlich, mit Schweiß bedeckt. Das Mal der Unsichtbarkeit trat auf meiner bleichen Stirn hervor wie ein Leuchtfeuer.

Lange Zeit lag ich auf dem Fliesenboden und ließ schlaff die Kälte in mich eindringen. Dann dachte ich: Was ist, wenn ich Blinddarmentzündung habe? Dieses lächerliche, überflüssige, obskure Reststück aus der Vorgeschichte? Entzündet, nahe daran, durchzubrechen?

Ich brauchte einen Arzt.

Das Telefon war mit Staub bedeckt. Man hatte sich nicht die Mühe gemacht, es abzuklemmen, aber ich hatte seit meiner Verhaftung keinen Menschen mehr angerufen, und niemand hatte gewagt, mich anzurufen. Die Strafe für eine Person, die in Kenntnis der Tatsachen einen Unsichtbaren anruft, ist Unsichtbarkeit. Meine Freunde, soweit es solche gab, hatten sich ferngehalten.

Ich griff nach dem Apparat und drückte auf eine Taste. Der Bildschirm wurde hell, und der Vermittlungsroboter sagte: »Mit wem möchten Sie sprechen, Sir?«

»Arzt«, stieß ich hervor.

»Gewiß, Sir.« Leere, unsinnige, mechanische Worte! Es gab keine Möglichkeit, einen Roboter für unsichtbar zu erklären, also durfte er mit mir reden!

Der Bildschirm glomm. Eine Arztstimme sagte: »Welche Beschwerden?«

»Magenkrämpfe. Vielleicht Blinddarmentzündung.«

»Wir schicken sofort jemanden hin –« Er verstummte. Ich hatte den Fehler gemacht, mein qualverzerrtes Gesicht zu heben. Seine Augen richteten sich auf mein Stirnmal. Der Bildschirm erlosch plötzlich, als hätte ich ihm eine lepröse Hand zum Kuß hingestreckt.

»Doktor«, stöhnte ich.

Er war fort. Ich vergrub mein Gesicht in den Händen. Das nenne ich entschieden zu weit gegangen, dachte ich. Ließ der hippokratische Eid so etwas überhaupt zu? Durfte ein Arzt die Bitte eines kranken Menschen um Hilfe mißachten?

Hippokrates hatte nichts von unsichtbaren Menschen gewußt. Einem Unsichtbaren zu helfen, dazu war kein Arzt verpflichtet. Für die Gesellschaft als Ganzes war ich einfach nicht vorhanden. Bei nicht existierenden Individuen konnte ein Arzt keine Krankheit diagnostizieren.

Ich blieb meinen Qualen überlassen.

Es war einer der weniger angenehmen Züge der Unsichtbarkeit. Man kann ungehindert ein Badehaus betreten, wenn einem das behagt – aber man wälzt sich ebenso ungehindert auf einem Bett der Qual und Schmerzen. Das eine gehört zum anderen, und wenn man einem Blinddarmdurchbruch erliegt – nun, um so größer die Abschreckung für andere, die vielleicht ebenso gesetzlos handeln wollten wie du!

Mein Blinddarm brach nicht durch. Ich überlebte, wenngleich schwer erschüttert. Ein Mensch kann ein Jahr lang ohne Gespräche mit anderen Menschen auskommen. Er kann mit automatisierten Fahrzeugen reisen und in automatischen Restaurants essen. Aber automatisierte Ärzte gibt es nicht. Zum erstenmal fühlte ich mich außerhalb jeder Zivilisation. Ein Sträfling im Zuchthaus bekommt einen Arzt, wenn er krank wird. Mein Verbrechen war nicht schwer genug für die Einlieferung in ein Gefängnis gewesen, und so behandelte mich eben auch kein Arzt, wenn ich leiden mußte. Es war ungerecht. Ich verfluchte die Teufel, die meine Strafe erfunden hatten. Ich stand jeder trostlosen Morgendämmerung allein gegenüber, so allein wie Robinson Crusoe auf seiner Insel, inmitten einer Stadt von zwölf Millionen Seelen.

Wie kann ich meine Stimmungsschwankungen beschreiben, meine vielen Kursmanöver vor den wechselnden Winden der vergehenden Monate?

Es gab Zeiten, in denen war die Unsichtbarkeit eine Freude, eine Kostbarkeit. In diesen wahnhaften Augenblicken frohlockte ich, von all den Regeln ausgenommen zu sein, die die normalen Menschen eingrenzen.

Ich stahl. Ich betrat kleine Ladengeschäfte und raubte die Kasse, während der zusammengekrümmte Händler nicht wagte, mich aufzuhalten, um nicht durch einen Aufschrei darzutun, daß er mich wahrgenommen und meine Unsichtbarkeit mißachtet hatte. Wenn ich gewußt hätte, daß der Staat alle diese Verluste ersetzt, wäre es für mich möglicherweise weniger vergnüglich gewesen. Aber ich stahl.

Ich drang überall ein. Das Badehaus verlockte mich nie mehr, aber ich drang in andere Stätten ein. Ich betrat Hotels, ging durch die Korridore und öffnete wahllos die Türen. Die meisten Zimmer waren leer. Manche nicht.

Wie ein kleiner Gott beobachtete ich alles. Ich wurde hart. Meine Verachtung für die Gesellschaft – das Verbrechen, das mir die Unsichtbarkeit überhaupt erst eingetragen hatte – wuchs.

Während der Regenzeiten stand ich in den leeren Straßen und beschimpfte die schimmernden Fassaden der auf allen Seiten emporragenden Gebäude.

»Wer braucht euch denn?« brüllte ich. »Ich nicht! Wer braucht euch denn auch nur einen Augenblick lang?«

Ich höhnte und spottete und fluchte. Es war eine Art Wahnsinn, hervorgerufen wohl durch die Einsamkeit. Ich betrat Theater – wo die glücklichen Lotusesser zusammengesunken in ihren Massagesesseln hockten, gebannt von den flackernden 3 D-Bildern – und hüpfte durch die Mittelgänge. Niemand fauchte mich an. Das Leuchten auf meiner Stirn zwang sie, ihre Beschwerden für sich zu behalten, und sie taten es.

Das waren die irren Augenblicke, die schönen Augenblicke, die Augenblicke, in denen ich ein Gigant war und durch die sichtbaren Tölpel hindurchschritt, während Verachtung aus allen meinen Poren quoll. Es waren wahnsinnige Augenblicke – ich gebe das offen zu. Ein Mensch, der mehrere Monate lang in einem Zustand unfreiwilliger Unsichtbarkeit verharrt, kann kaum ausgeglichen und normal sein.

Habe ich sie wahnhafte Augenblicke genannt? Manisch-depressiv träfe es vielleicht genauer. Das Pendel schlug mit schwindelnder Schnelligkeit nach beiden Seiten aus. Den Tagen, an denen ich für die sichtbaren Narren um mich herum nichts als Verachtung empfand, standen Tage gegenüber, an denen mich die Isolierung körperlich niederdrückte. Ich ging durch die endlosen Straßen, vorbei an den leuchtenden Arkaden, starrte hinunter auf die Autostraßen mit ihren dahinfauchenden, bunten Geschossen. Nicht einmal ein Bettler kam auf mich zu. Hätten Sie gedacht, daß es bei uns, in unserem glänzenden Jahrhundert, Bettler gibt? Ich hatte es nicht gewußt, bis ich für unsichtbar erklärt worden war, denn meine langen Spaziergänge führten mich in die Slums, wo der Glanz verblaßt, wo dahinschlurfende, stoppelbärtige alte Männer kleine Münzen erbetteln.

Von mir erbettelte niemand etwas. Einmal kam ein Blinder auf mich zu.

»Um Christi willen«, keuchte er, »helfen Sie mir, bei der Augenbank neue Augen zu kaufen.«

Das waren die ersten Worte, die irgendein Mensch seit Monaten direkt an mich gerichtet hatte. Ich wollte in meine Tunika greifen, um Geld herauszuziehen, ich wollte ihm in meiner Dankbarkeit alles geben, was ich bei mir trug. Warum auch nicht? Ich konnte immer wieder etwas bekommen, indem ich es mir einfach nahm. Aber bevor ich das Geld herausziehen konnte, humpelte eine alptraumhafte Gestalt auf Krücken heran und schob sich zwischen uns. Ich hörte das geflüsterte: »Unsichtbar«, und dann huschten die beiden davon wie verschreckte Ameisen. Ich stand wie angewurzelt da, das Geld in der Hand.

Nicht einmal die Bettler. Was für Teufel, eine solche Folter zu erfinden.

So wurde ich wieder weich. Meine Arroganz verebbte. Ich war jetzt einsam. Wer konnte mich der Kälte beschuldigen? Ich war weich wie ein Schwamm, rührend begierig nach einem Wort, einem Lächeln, einer nach mir greifenden Hand. Es war der sechste Monat meiner Unsichtbarkeit.

Ich haßte sie nun gründlich. Ihre Freuden waren hohl, die Qual unerträglich. Ich fragte mich, wie ich die verbleibenden sechs Monate überstehen sollte. Man möge mir glauben, daß in diesen dunklen Stunden der Gedanke an Selbstmord nicht weit von mir lag.

Und schließlich beging ich eine Tat der Dummheit. Bei einem meiner endlosen Spaziergänge traf ich auf einen anderen Unsichtbaren, höchstens das dritte oder vierte solche Wesen in den ganzen sechs Monaten. Wie bei den Begegnungen vorher trafen sich unsere wachsamen Blicke nur ganz kurz. Dann senkte der andere seinen Blick auf das Pflaster, er wich mir aus und ging weiter. Er war ein schlanker, junger Mann, nicht älter als vierzig Jahre, mit zerzaustem, braunem Haar und einem schmalen, verkniffenen Gesicht. Er sah aus wie ein Gelehrter oder Wissenschaftler. Ich fragte mich, was er getan haben mochte, um diese Strafe zu verdienen, und mich erfaßte die Begierde, ihm nachzulaufen und ihn zu fragen, seinen Namen zu erfahren, mit ihm zu reden und ihn zu umarmen.

All diese Dinge sind der Menschheit verboten. Niemand soll irgendeine Berührung mit einem Unsichtbaren haben – nicht einmal ein Leidensgenosse. Vor allem nicht ein Leidensgenosse. Die Gesellschaft hat nicht den Wunsch, daß sich unter den Parias ein geheimes Band der Genossenschaft ergibt.

Dies alles wußte ich.

Ich drehte mich trotzdem um und folgte ihm.

Drei Straßen weit ging ich hinter ihm her, in einem Abstand von zwanzig bis fünfzig Schritten. Überall schienen Sicherheitsroboter zu sein, deren Kameras jeden Verstoß sofort wahrnahmen, und ich wagte nicht zu handeln. Dann bog er in eine Seitenstraße ein, eine graue, staubige Straße, fünfhundert Jahre alt, und begann mit der ziellosen, unsicheren Gangart des Unsichtbaren dahinzuschlendern. Ich holte ihn ein.

»Bitte«, sagte ich leise. »Niemand sieht uns hier. Wir können miteinander sprechen. Ich heiße –«

Er fuhr herum, Entsetzen in den Augen. Sein Gesicht war bleich. Er starrte mich sekundenlang entgeistert an, dann zuckte er vorwärts, als wolle er um mich herumspringen.

Ich verstellte ihm den Weg.

»Warten Sie«, sagte ich. »Haben Sie keine Angst. Bitte –«

Er hetzte an mir vorbei. Ich legte die Hand auf seine Schulter, und er riß sich los.

»Nur ein Wort«, flehte ich.

Nicht einmal ein Wort. Nicht einmal ein heiser hervorgestoßenes: »Lassen Sie mich in Ruhe!« Er schlug einen Haken und rannte die leere Straße hinunter. Seine Schritte wurden immer leiser, bis er um die Ecke bog. Ich sah ihm nach und spürte, wie das trostlose Gefühl unendlicher Einsamkeit in mir emporflutete.

Und dann die Angst. Nicht er hatte die Vorschriften für die Unsichtbarkeit gebrochen, sondern ich. Ich hatte ihn gesehen. Damit konnte ich mir erneut eine Strafe zuziehen, eine Verlängerung meiner Unsichtbarkeitsspanne, vielleicht. Ich schaute mich furchtsam um, aber es waren keine Sicherheitsroboter zu sehen, nicht einer.

Ich war allein.

Ich drehte mich um, wurde ruhiger, ging weiter die Straße hinauf. Mit der Zeit gewann ich die Beherrschung über mich zurück. Die Dummheit meines Handelns bedrückte mich, aber noch mehr die Sentimentalität, die daraus sprach. Auf diese panische Weise nach einem anderen Unsichtbaren zu greifen – offen meine Einsamkeit, mein innerstes Bedürfnis zu bekennen – nein. Es bedeutete, daß die Gesellschaft den Sieg davontrug. Das konnte ich nicht zulassen.

Ich stellte fest, daß ich wieder in der Nähe des Kaktusgartens war. Ich schwebte im Liftschacht hinauf, nahm mir am Schalter eine Marke und schob sie in den Schlitz. Ich suchte kurz, dann fand ich einen verkrümmten, schmuckvollen Kaktus, zweieinhalb Meter hoch, ein stachliges Monstrum. Ich riß ihn aus dem Topf und zerbrach die Äste, bohrte mir tausend Nadeln in die Hände. Die Menschen taten so, als sähen sie mich nicht. Ich zog die Stacheln aus meinen Händen und fuhr mit blutenden Handflächen im Liftschacht nach unten, erneut in meiner Unsichtbarkeit über alles erhaben.

Der achte Monat verging, der neunte, der zehnte. Der Ablauf der Jahreszeiten war fast vollendet. Dem Frühling war ein milder Sommer gefolgt, dem Sommer ein frischer Herbst, dem Herbst ein Winter mit seinen Schneefällen in Abständen von jeweils zwei Wochen, die man aus ästhetischen Gründen nach wie vor erlaubte. Jetzt war der Winter vorbei. In den Grünanlagen zeigten die Bäume grüne Knospen. Die Leute von der Wetterlenkung ließen es nun am Tag dreimal regnen.

Meine Zeit näherte sich dem Ende.

In den letzten Monaten meiner Unsichtbarkeit war ich in eine Art Erstarrung verfallen. Mein Gemüt, gezwungen, sich auf seine eigenen Möglichkeiten zu beschränken, zeigte keine Neigung mehr, sich mit den Folgen meines Zustands zu befassen, und ich glitt in einem verwaschenen Nebel von Tag zu Tag. Ich las zwanghaft, aber wahllos durcheinander, den einen Tag Aristoteles, den anderen die Bibel, am dritten ein technisches Handbuch. Ich behielt nichts; sobald ich umblätterte, entglitt der Inhalt der vorigen Seiten meinem Gedächtnis.

Ich machte mir nicht mehr die Mühe, die wenigen Vorteile der Unsichtbarkeit zu genießen, den voyeurhaften Kitzel, das winzige Pulsieren des Machtgefühls, das sich ergibt, wenn man irgendeine Tat mit nur begrenzter Furcht vor Vergeltung verüben kann. Ich sage begrenzt, weil die Verabschiedung des Unsichtbarkeits-Gesetzes nicht von einem Akt begleitet war, der die menschliche Natur aufgehoben hätte; nur wenige Männer hätten nicht die Unsichtbarkeit riskiert, um ihre Frauen oder Kinder vor den Belästigungen eines Unsichtbaren zu schützen; niemand hätte ungerührt zugelassen, daß ihm ein Unsichtbarer die Augen ausbohrte; niemand hätte das Eindringen eines Unsichtbaren in seine private Wohnsphäre zugelassen. Es gab Mittel und Wege, mit solchen Übergriffen fertig zu werden, ohne den Anschein zu erwecken, als erkenne man die Existenz eines Unsichtbaren an, wie ich schon erwähnt habe.

Immerhin, man konnte sich allerhand leisten. Ich lehnte es ab, das zu versuchen. Irgendwo hat Dostojewski geschrieben: ›Ohne Gott sind alle Dinge möglich.‹ Das kann ich ergänzen. ›Für den unsichtbaren Menschen sind alle Dinge möglich – und uninteressant.‹ So war es.

Die Monate schleppten sich dahin.

Ich zählte nicht die Minuten bis zu meiner Befreiung. Um genau zu sein, ich vergaß völlig, daß meine Strafzeit vor dem Ende stand. Am fraglichen Tag saß ich in meinem Zimmer und las, blätterte düster eine Seite nach der anderen um, als der Gong ertönte.

Er hatte ein ganzes Jahr keinen Ton von sich gegeben. Ich hatte fast vergessen, was der Ton bedeutete.

Aber ich öffnete die Tür. Da standen sie, die Männer des Gesetzes. Wortlos lösten sie das Siegel, mit dem das Mal an meiner Stirn festgehalten worden war. Das Emblem fiel herunter und zerbarst.

»Guten Tag, Bürger«, sagten sie zu mir.

Ich nickte ernsthaft.

»Ja. Guten Tag.«

»Elfter Mai 2105. Ihre Strafzeit ist um. Sie sind wieder in die Gesellschaft aufgenommen. Sie haben Ihre Schuld bezahlt.«

»Danke. Ja.«

»Kommen Sie mit und trinken Sie ein Glas mit uns.«

»Lieber nicht.«

»Das ist Tradition. Kommen Sie mit.«

Ich ging mit. Meine Stirn fühlte sich jetzt seltsam nackt an, und ich schaute in den Spiegel. An der Stelle, wo das Emblem gewesen war, sah ich eine blasse Stelle. Sie führten mich in eine nahegelegene Bar und spendierten mir synthetischen Whisky, scharf und stark. Der Barmixer grinste mich an. Jemand auf dem Nachbarhocker schlug mir auf die Schulter und fragte mich, auf wen ich bei den morgigen Düsenrennen tippte. Ich hatte keine Ahnung und sagte das auch.

»Im Ernst? Ich tippe auf Kelso. Vier zu eins, aber er kann enorm anziehen.«

»Tut mir leid«, sagte ich.

»Er war eine Weile weg«, sagte einer der Beamten leise.

Der Euphemismus war unverwechselbar. Mein Nachbar blickte auf meine Stirn und nickte, als er die blasse Stelle sah. Er wollte mir auch ein Glas spendieren. Ich nahm an, obwohl ich schon die Wirkung vom ersten spürte. Ich war wieder ein menschliches Wesen. Ich war sichtbar.

Ich wagte auch nicht, ihn vor den Kopf zu stoßen. Das hätte man wieder als Verbrechen der Kälte auslegen können. Meine fünfte Straftat hätte fünf Jahre Unsichtbarkeit eingebracht. Ich hatte die Demut kennengelernt.

Die Rückkehr zur Sichtbarkeit brachte auch einen unangenehmen, manchmal peinlichen Übergang mit sich. Alte Freunde, die man wieder zu treffen hatte, lahme Gespräche, die zu führen waren, zerstörte Beziehungen, die wieder aufgenommen werden mußten. Ich war ein Jahr lang in meiner eigenen Stadt im Exil gewesen, und die Rückkehr erwies sich als nicht einfach.

Niemand erwähnte natürlich die Zeit meiner Unsichtbarkeit. Man behandelte das als Leiden, über das besser nicht gesprochen wurde. Heuchelei, dachte ich, aber ich akzeptierte es. Zweifellos waren sie alle bemüht, meine Gefühle zu schonen. Sagt man zu einem Menschen, der Ersatz für seinen verkrebsten Magen bekommen hat: »Wie ich höre, sind Sie noch mal knapp davongekommen?« Sagt man zu einem Mann, dessen alter Vater zu einem Euthanasie-Haus gewankt ist: »Na ja, er war schon ziemlich hinfällig, nicht?«

Nein. Man tut das natürlich nicht.

Und so gab es also dieses Loch in unseren gemeinsamen Erfahrungen, diese Leere, diesen Abgrund. Dadurch blieb mir wenig, worüber ich mit meinen Freunden sprechen konnte, vor allem deshalb, weil ich das Talent, Konversation zu machen, gänzlich verlernt hatte. Die Zeit der Wiederanpassung war schwierig.

Aber ich gab mir Mühe, denn ich war nicht mehr dieselbe hochmütige, distanzierte Person wir vor meiner Verurteilung. Ich hatte in der härtesten aller Schulen die Demut gelernt.

Ab und zu fiel mir natürlich ein Unsichtbarer in den Straßen auf. Es war unmöglich, sie zu meiden. Aber abgerichtet, wie ich es war, sah ich schnell zur Seite, als sei mein Blick für einen Augenblick auf ein schwankendes, schwärendes Horrorungeheuer von einer anderen Welt gefallen.

Es war im vierten Monat meiner Rückkehr zur Sichtbarkeit, als sich die entscheidende Lektion meiner Strafe durchsetzte. Ich war in der Nähe des City-Turms, da ich meine alte Stellung in der Dokumentenabteilung der Stadtverwaltung wieder eingenommen hatte. Ich war mit der Arbeit an diesem Tag fertig und ging zu den U-Bahnen, als eine Hand aus der Menge auftauchte und nach meinem Arm griff.

»Bitte«, sagte die leise Stimme. »Einen Augenblick. Haben Sie keine Angst.«

Ich hob verblüfft den Kopf. In unserer Stadt sprechen Fremde Fremde nicht an.

Ich sah das leuchtende Emblem der Unsichtbarkeit auf der Stirn des Mannes. Dann erkannte ich ihn – es war der schlanke junge Mann, den ich in der verlassenen Straße vor über einem halben Jahr angesprochen hatte. Er war hager geworden; seine Augen rollten wild, sein braunes Haar war von grauen Fäden durchzogen. Er mußte also am Beginn seiner Strafzeit gewesen sein. Jetzt mußte sie sich dem Ende nähern.

Er hielt meinen Arm fest. Ich begann zu zittern. Wir waren hier nicht auf einer verlassenen Straße, sondern auf dem überfülltesten Platz der ganzen Stadt. Ich riß meinen Arm los und wollte mich abwenden.

»Nein – gehen Sie nicht«, rief er. »Haben Sie kein Mitleid mit mir? Sie haben es doch selbst durchgemacht.«

Ich machte stockend einen Schritt. Dann fiel mir ein, wie ich ihn bedrängt, ihn angefleht hatte, mich nicht zurückzuweisen. Ich erinnerte mich an meine eigene, elende Einsamkeit.

Ich trat noch einen Schritt von ihm weg.

»Feigling!« schrie er mir kreischend nach. »Sprechen Sie mit mir! Ich fordere Sie heraus! Sprechen Sie mit mir, Sie Feigling!«

Es war zuviel. Ich war zuinnerst angerührt. Tränen brannten plötzlich in meinen Augen, und ich wandte mich ihm zu, streckte eine Hand nach ihm aus. Ich umfaßte sein mageres Handgelenk. Die Berührung schien ihn wie ein elektrischer Schlag zu durchzucken. Einen Augenblick später hielt ich ihn in den Armen und versuchte, ein wenig von seinem Elend auf mich herüberzuziehen.

Die Sicherheitsroboter glitten heran und umzingelten uns. Er wurde zur Seite geschleudert, mich nahm man fest. Ich komme wieder vor Gericht – diesmal nicht um des Verbrechens der Kälte willen, sondern für ein Verbrechen der Wärme. Vielleicht findet man mildernde Umstände und läßt mich frei; vielleicht auch nicht.

Es ist mir gleichgültig. Wenn man mich verurteilt, werde ich diesmal meine Unsichtbarkeit wie einen glanzvollen Schild tragen.

ENDE

Goldmann SCIENCE FICTION

T. J. Bass
Die Ameisenkultur
Utopisch-technischer Roman
192 Seiten. Band 0163.

Tief unten in den Schachtstädten leben drei Trillionen menschenähnlicher Wesen. Sie nennen sich zwar ›Homo sapiens‹, aber sie sind zu kleinen, der Umwelt angepaßten Geschöpfen mutiert. Bis eines Tages das ›perfekte‹ System ihrer automatischen Kultur nicht mehr funktioniert . . .

Brian N. Ball
Die Nacht der Roboter
Utopisch-technischer Roman
160 Seiten. Band 0164.

Die Erde ist längst zu einem verwüsteten Museumsstück für Besucher von anderen Planeten geworden. Eine Gruppe von Touristen besieht sich die alten Befestigungen und gerät in die Tiefen der Roboterbunker. Das Raumschiff der Besucher wird vernichtet. Die Armee der Roboter erwacht und beginnt den Kampf gegen das Universum . . .

Christopher Priest
Transplantationen
Utopisch-technische Erzählungen
160 Seiten. Band 0165.

Mit ein paar Strichen gelingt es dem bekannten Autor, die Veränderungen und Möglichkeiten einer nahen Zukunft aufzuzeigen. Fesselnde Erzählungen, die aus den Gegebenheiten unserer Zeit heraus das Morgen auszuloten versuchen!

WILHELM GOLDMANN VERLAG MÜNCHEN

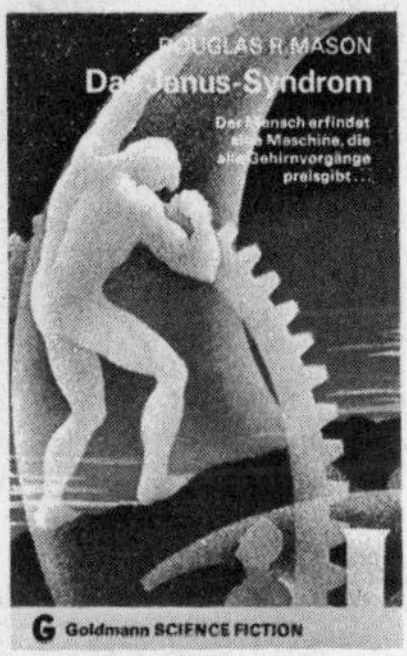

Douglas R. Mason
Das Janus-Syndrom
Utopisch-technischer Roman
160 Seiten. Band 0166.

Der Wissenschaftler Dr. Mark Brant wird durch den terrestrischen Geheimdienst gezwungen, in dessen Auftrag auf dem Planeten Lados zu spionieren. Ein Auftrag, der zum Scheitern verurteilt scheint, denn dort hat man einen Apparat erfunden, der alle Gehirnvorgänge wiedergeben kann – auch die eines Spions ...

Robert Sheckley
Der grüne Jademond
Utopisch-technische Erzählungen
160 Seiten. Band 0167.

Bizarre Schlaglichter auf eine mögliche oder auch unmögliche Zukunft – ungewöhnliche Erzählungen des bekannten Autors, der das im deutschen Fernsehen berühmt gewordene ›Millionenspiel‹ erdachte!

Lester del Rey
Psi-patt
Utopisch-technischer Roman
160 Seiten. Band 0168.

Harry Bronston, Ingenieur und Erfinder, stellt mit Entsetzen fest, daß er über die Gabe außersinnlicher Wahrnehmungen verfügt. Mit Entsetzen, denn er ahnt, daß er darüber wahnsinnig werden muß ... Oder gibt es für ihn einen Weg, diese dunklen Kräfte zu beherrschen? Gewinnt er den Kampf gegen sein eigenes, zukünftiges Ich?

Verehrte Leser,

senden Sie bitte diese Karte ausgefüllt an den Verlag. Sie erhalten kostenlos unsere Verlagsverzeichnisse zugestellt.

Bitte hier abschneiden

Diese Karte entnahm ich dem Buch:

____

____

Kritik und Anregung:

____

____

____

____

____

Ich wünsche die kostenlose und unverbindliche Zusendung von

☐ Verlagsverzeichnis
☐ Katalog der Gruppe Wissenschaft
☐ Katalog »Goldmann Jugend Taschenbücher«

Name ____________________________________

Ort ____________________________________

Straße ____________________________________

Ich empfehle, den (die) Katalog(e) auch an die nachstehende Adresse zu senden:

Name ____________________________________

Ort ____________________________________

Straße ____________________________________

Aus dem Wilhelm Goldmann Verlag bestelle ich durch die Buchhandlung:

Anzahl	Titel	Preis

Name ____________________

Ort ____________________

Straße ____________________

Datum Unterschrift

7056 · 5084 · 3.000

Bitte mit
Postkarten-
Porto
frankieren.

Wilhelm Goldmann
Verlag

8000 München 80

Postfach 80 07 09